www.ingramcontent.com/pod-product-compliance
Lightning Source LLC
LaVergne TN
LVHW100404051026
849518LV00003B/1131
* 9 7 8 8 1 9 8 1 5 6 6 4 8 *

مغربی یورپ سے
کچھ افسانے

انتخاب و ترتیب

اشعر نجمی

Bright Books

Maghrabi Europe Se Kuchh Afsane

by Ashar Najmi

Bright Books, Thane, India
1st Edition : October 2024
ISBN: 978-81-981566-4-8

Bright Books

Mira Road East, Dist. Thane, India
nidabattiwala@gmail.com

فہرست

پیش لفظ

اشعر نجمی

زیر نظر انتخاب کو ایک ذاتی انتخاب سمجھا جانا چاہیے۔ بیشتر تراجم مطبوعہ ہیں لیکن ان میں سے کچھ غیر مطبوعہ بھی ہیں۔ دوسری زبانوں سے اردو میں ترجمہ ہونے والے نثر پاروں کی فہرست کافی طویل ہے جس کی ببلیوگرافی تو بنائی جاسکتی ہے لیکن انھیں ایک جگہ اکٹھا کرنا ایک مشکل کام ہے۔ لہٰذا، ہم زیر نظر انتخاب کو ترتیب دیتے ہوئے اس کی لگام کو اپنی گرفت میں رکھنے پر مجبور تھے۔

اس انتخاب پر کام کرتے ہوئے سینکڑوں کتابیں، رسائل، ویب سائٹس، اخباروں وغیرہ میں سے نثر پارے منتخب کیے گئے تھے لیکن اگر ان تمام کو شامل اشاعت کرلیا جاتا تو شاید دس جلدیں بھی ناکافی ہوتیں، لہٰذا سخت ترین انتخاب کے اصولوں کو وضع کرنے کے بعد جو کچھ ہے، وہ آپ کے سامنے حاضر ہے۔

زیر نظر شمارہ انتخاب میں نئے، پرانے اور بہت پرانے ترجمے بھی شامل اشاعت ہیں۔ مطبوعہ تراجم کا لازمی مطلب ہمیشہ یہ نہیں ہوتا کہ وہ تمام قارئین کی نظروں سے گزرے بھی ہوں، چونکہ ہندوستان میں چھپنے والے بیشتر تراجم کی رسائی پاکستانی قارئین تک نہیں ہو پاتی اور اسی طرح پاکستان میں شائع ہونے والے تمام تراجم ہندوستانی قارئین تک نہیں پہنچ پاتے۔ پھر یہ بھی ضروری نہیں کہ اپنے ہی ملک میں شائع شدہ تمام تراجم بھی ہمارے زیر مطالعہ رہے ہوں۔

ہم نے کوشش کی ہے کہ اس انتخاب میں مصنفین کے علاوہ مترجمین کے بھی مختصر تعارف پیش کیے جائیں کہ انھی کے توسط سے ہم تک دنیا بھر کی زبانوں کے نثر پارے پہنچتے رہے ہیں، ان کے اس احسان سے زبانوں کے علاوہ ثقافتیں بھی ثروت مند ہوتی ہیں اور ہم سب ان کے ایک طرح سے مقروض ہیں۔ پھر بھی کچھ مصنفین اور مترجمین کا تعارف ہمیں نہ مل سکا، لہٰذا ہم کوشش کے باوجود بے بس نظر آئے۔

کون جانتا ہے

گی داموپساں (فرانس)

ترجمہ: سردار حسین

موپساں، Guyde Maupassant (۵ اگست ۱۸۵۰ء-۶ جولائی ۱۸۹۳ء) انیسویں صدی کے مشہور فرانسیسی مصنف تھے۔ انھیں جدید مختصر افسانے کا بابا آدم کہا جاتا ہے۔

موپساں کی کہانیاں فلوبیغ کے زیر اثر کفایت لفظی اور فطری اور فوری انجام سے پہچانی جاتی ہیں۔ ان کی بہت سی کہانیاں ۱۸۷۰ء کی جرمنی اور فرانس کے درمیان میں جنگ کے تناظر میں لکھی گئیں۔ چنانچہ ان کی اکثر کہانیوں میں ان معصوم شہریوں کے مصائب اور مشکلات کو دکھایا جاتا ہے جو جنگ کی تباہ کاریوں کا نشانہ بنتے ہیں، اس نے ۶ ناول بھی لکھے۔

جب موپساں کی عمر گیارہ سال تھی اور ان کا بھائی پانچ سال کا تھا، تو ان کی ماں جو ایک آزاد خیال اور خود مختار شخصیت کی مالک تھیں، انھوں نے معاشرتی اقدار کے خلاف اپنے شوہر سے قانونی طلاق لے لی۔ اپنے شوہر سے علاحدگی کے بعد انھوں نے اپنے دونوں بچوں، بڑے موپساں اور چھوٹے ایغوے کو اپنے پاس رکھ لیا۔

باپ کی غیر موجودگی میں موپساں کی ماں ان کی شخصیت پر اثر انداز ہونے والی سب سے بڑی ہستی بن گئی۔ ان کی ماں کا کوئی ادبی مقام نہ تھا لیکن وہ کلاسیکی ادب بالخصوص شیکسپیئر کی بڑی دلدادہ تھیں۔

اے خدا! آخر کار میں نے ان حالات کو لکھنے کا ارادہ کر لیا ہے جن سے میں دو چار ہوا تھا، لیکن میں ایسا کر بھی سکوں گا؟ مجھ میں اتنی ہمت ہے؟ وہ سب کچھ بہت ہی پُراسرار، ناقابل بیان، ناقابل فہم ہے۔

جو کچھ میں نے دیکھا ہے اگر اس پر مجھے پورا یقین نہ ہوتا، اگر میرے حواس نے کہیں پر میرا ساتھ چھوڑا ہوتا یا واقعات کے تسلسل میں کہیں کوئی رکاوٹ ہوتی تو میں اس کو نظر کا دھوکا ہی سمجھتا۔

بہر حال، کون جانتا ہے؟

آج میں دماغی امراض کے ہسپتال میں احتیاط کے طور پر خود ہی داخل ہوں، کیوں کہ میں ڈرا ہوا ہوں۔ میری کہانی صرف ایک آدمی کو معلوم ہے، اسپتال کے ڈاکٹر کو۔ اب میں اس کہانی کو لکھنے جا رہا ہوں۔ یقین کیجیے، مجھے خود نہیں معلوم، کیوں؟ شاید ان وسوسوں سے پیچھا چھڑانے کے لیے جو ہر وقت مجھ پر کابوس کی طرح مسلط رہتے ہیں۔

خیر، واقعہ یوں ہے:

میں ہمیشہ تنہا رہا ہوں، خوابوں میں کھویا ہوا، گوشہ نشین، نیک مزاج، مطمئن، کسی کے خلاف کوئی کینہ اور خدا سے کوئی شکایت نہ رکھنے والا۔ میں ہمیشہ اکیلا ہی رہا، کیوں کہ دوسروں کی موجودگی سے مجھے پریشانی اور الجھن ہونے لگتی ہے۔ میں کیسے بتاؤں؟ میری سمجھ میں نہیں آتا۔ ایسا اس لیے نہیں ہے کہ میں انسانوں کی صحبت سے بھاگتا وں۔ لوگوں کے ساتھ مل جل کر کھانے پینے اور باتیں کرنے میں مجھے بہت لطف آتا ہے لیکن ایک لمحہ ایسا آتا جب مجھے ان کی قربت کا احساس ہوتا ہے اور پھر بھلے ہی وہ میرے عزیز دوست کیوں نہ ہوں، مجھے الجھن ہونے لگتی ہے، میں تھکا تھکا سا محسوس کرنے لگتا ہوں اور میری دلی خواہش ہوتی ہے کہ وہ میرے پاس سے فوراً چلے جائیں یا میں خود ان کے پاس ہٹ جاؤں اور اکیلا رہ جاؤں۔

میری یہ خواہش، خواہش سے کچھ زیادہ ہی ہوتی ہے اور میری طبیعت کا جزو بن چکی ہے۔ اگر کسی وجہ سے مجھے لوگوں کے درمیان رکنا پڑتا ہے تو میں ان کی باتیں خاموشی سے سنتا رہتا ہوں اور مجھے یہ یقین ہوتا ہے کہ کوئی بھیانک واقعہ ہونے والا ہے کیا؟ کون جانتا ہے؟ ممکن ہے، ہاں ممکن ہے صرف یہی ہو کہ میں اچانک زمین پر گر پڑوں۔

میں تنہائی کا اس قدر عادی ہوں کہ مکان میں اپنے علاوہ کسی دوسرے کو سوتے ہوئے بھی برداشت نہیں کر سکتا۔ میں گنجان شہر میں نہیں رہ سکتا، کیوں کہ وہاں زندہ رہنے کے لیے مستقل جنگ لڑنا پڑتی ہے۔ یہ احساس کہ میرے ارد گرد بہت سے لوگ رہ رہے ہیں، میری روحانی موت کا سبب ہوتا ہے۔ دراصل دوسروں کی نیند مجھے ان کی بات چیت سے بھی زیادہ گراں گزرتی ہے اور یہ محسوس یا معلوم ہو جانے پر کہ دیوار کے دوسری طرف کوئی بھی موجود ہے، میں سکون سے نہیں بیٹھ سکتا۔

میں ایسا کیوں محسوس کر رہا ہوں؟ کون جانتا ہے۔ شاید اس کی سیدھی سی وجہ یہ ہو کہ میں اپنی ذات کے باہر کی ہر چیز سے بہت جلد اکتا جاتا ہوں۔ اور دنیا میرے جیسے بہت آدمی ہیں۔

انسانوں کی دو قسمیں ہوتی ہیں۔ ایک وہ جو دوسروں کے بغیر زندہ نہیں رہ سکتے۔ لوگوں کے ساتھ رہ کر وہ خوش ہوتے ہیں اور انھیں سکون ملتا ہے۔ تنہائی ان کے لیے ایسی ہوتی جیسے کسی برف کے پہاڑ پر چڑھنا یا کسی

ریگستان کو پار کرنا۔ دوسرے لوگ وہ ہوتے ہیں جنھیں اپنے عزیز ترین دوستوں کی قربت بھی ایک بوجھ معلوم ہوتی ہے اور وہ تھکا تھکا سا محسوس کرتے ہیں، جب کہ تنہائی انھیں سکون دیتی ہے اور وہ آزادی کے ساتھ اپنی خیالی دنیا میں کھوئے رہنے میں لطف محسوس کرتے ہیں۔

جہاں تک میرا تعلق ہے، میں اپنی ذات کے سوا دوسری چیز کے بارے میں ایک خاص حد تک سوچ سکتا ہوں اور جب یہ حد آتی ہے، مجھے جسمانی اور دماغی بے چینی کا احساس ہونے لگتا ہے۔ اس کا نتیجہ یہ ہے کہ میں بے جان چیزوں کی طرف مائل ہوں یا یوں کہوں کہ تھا۔ یہ چیزیں ہی میرے لیے انسانوں کی حیثیت رکھتی تھیں اور میرا گھر ہی میری دنیا بن کر رہ گیا تھا جس میں مختلف فرنیچر اور آرائشی سامان تھا۔ یہ فرنیچر اور سامان مجھے دوستوں کی طرح عزیز تھا۔ میں نے مختلف قسم کی چیزوں سے گھر کو سجا رکھا تھا اور ان کے بیچ میں رہ کر مجھے اتنا سکون، اطمینان اور خوشی نصیب ہوئی جیسے اپنی پیاری بانہوں میں ہوں جس کے ہاتھ کا جانا پہچانا لمس دل کو سکون دینے کے لیے ضروری ہوتا ہے۔

میرا مکان ایک خوب صورت باغ کے بیچ میں بنا ہوا تھا جو شہر سے جہاں میں اکثر تفریح کے لیے جایا کرتا تھا، بہت دور نہیں تھا۔ میرے نوکر مکان سے دور ایک دوسری عمارت میں رہتے تھے جو باغ کے سرے پر تھی۔ یہ مکان لمبے لمبے پیڑوں کے بیچ چھپا ہوا تھا اور اس کی خاموش فضا میں راتوں کی بڑھتی سیاہی اس قدر سکون دیتی تھی کہ اکثر میں بستر پر سونے کے بجائے اس ماحول سے لطف اندوز ہونے کو ترجیح دیتا تھا۔

اس رات میں شہر سے ڈرامہ دیکھ کر لوٹ رہا تھا۔ یہ پہلا اتفاق تھا جو پریوں کے اس خوب صورت کھیل کو موسیقی کے ساتھ میں نے دیکھا تھا اور مجھے بہت لطف آیا تھا۔

میں بہت خوش خوش گھر لوٹ رہا تھا، ڈرامے کے بعض حسین مناظر میرے دماغ میں اب بھی تازہ تھے اور موسیقی کی سریلی تانیں ذہن پر چھائی ہوئی تھیں۔ رات تاریک تھی، بالکل تاریک، اتنی کہ مجھے سڑک بھی مشکل سے نظر آ رہی تھی اور کئی بار میں گڑھوں میں گرتے گرتے بچا۔ میرا گھر چنگی چوکی سے آدھے میل پر ہوگا جو لگ بھگ بیس منٹ کا راستہ تھا۔ رات کا ایک یا ڈیڑھ بجا تھا۔ اچانک میرے سامنے آسمان پر چمک دکھائی دی اور باریک چاند ابھرتا ہوا نظر آیا۔ زرد چاند کا یہ اداس اداس ہلال تھا۔ شروع کا چاند جب چار یا پانچ بجے شام کو نکلتا ہے تو چمکدار، صاف اور روپہلا ہوتا ہے لیکن آخر تاریخوں میں جب یہ آدھی رات کے بعد ظاہر ہوتا ہے تو اس کا رنگ زرد اور بجھا بجھا سا ہوتا ہے۔ رات گئے گھر سے باہر جانے والوں نے ضرور غور کیا ہوگا۔ شروع کا چاند بال کا سا باریک ہی کیوں نہ ہو، ہلکی لیکن صاف روشنی دیتا ہے جس کو دیکھ کر دل خوش ہوتا ہے اور جس کی روشنی میں ہر چیز کا ٹھیک ٹھیک سایہ زمین پر پڑتا ہے، جب کہ آخر دنوں کے چاند کی روشنی مدھم، اداس اور پھیکی پھیکی ہوتی ہے جس سے کسی ایک چیز کا سایہ بھی نہیں پڑتا۔

میرے باغ کی دھندلی دھندلی چار دیواری میرے سامنے تھی لیکن کسی نامعلوم وجہ سے مجھے باغ میں جاتے ہوئے ہچکچاہٹ محسوس ہوئی۔ میرے قدم رک گئے۔ رات بڑی سہانی تھی۔ درختوں کے جھنڈ دور سے کسی

بڑے مقبرے کی طرح نظر آ رہے تھے جس کے بیچ میں میرا مکان چھپا ہوا تھا۔

میں نے باغ کا پھاٹک کھولا اور درختوں سے ڈھکے ہوئے راستے پر آہستہ آہستہ چلنے لگا۔ یہ راستہ ایک چوڑی سرنگ کی مانند معلوم ہو رہا تھا جو کالے کالے درختوں کے بیچ سے گزرتی ہوئی چلی گئی تھی۔ راستے کے دونوں طرف سبزہ زار تھا جس میں بیضاوی شکل کی کیاریاں پیوند کی طرح نظر آ رہی تھیں۔

جب میں مکان کے قریب پہنچا تو مجھے خاص طرح کی بے چینی محسوس ہوئی۔ میں رک گیا۔ کوئی آواز نہیں آ رہی تھی۔ درختوں کی پتیاں تک ساکت تھیں۔

''مجھے کیا ہو رہا ہے؟'' میں نے سوچا۔ پچھلے دس سال سے میں اکثر راتوں کو گھر لوٹا ہوں لیکن کبھی مجھے اس طرح کی الجھن نہیں محسوس ہوئی۔ میں کبھی خوفزدہ نہیں ہوا۔ میں اندھیرے میں کبھی نہیں ڈرا۔ کسی چور یا نقب زن کو دیکھ کر مجھے تاؤ آ سکتا ہے اور میں بلا جھجک اس سے نپٹ سکتا ہوں۔ دوسرے یہ کہ میں مسلح بھی تھا۔ میرا ریوالور میرے پاس تھا لیکن میں نے اس کو چھوا تک نہیں، کیوں کہ خوف کے احساس کو میں اپنے اوپر حاوی نہیں ہونے دینا چاہتا تھا۔

پھر وہ کیا تھا؟ آنے والے خطرے کا احساس؟ ایک ایسے ناقابل بیان خطرے کا احساس جو کسی حیرت خیز چیز کے اچانک سامنے آ جانے سے آدمی کے دماغ کو ماؤف کر دیتا ہے؟ شاید ایسا ہی ہو۔ کون جانتا ہے۔

جب میں آگے بڑھ رہا تھا، مجھے اپنی ریڑھ کی ہڈی میں کپکپاہٹ دوڑتی ہوئی معلوم ہوئی اور جب میں اپنے مکان کی دیوار کے قریب پہنچا تو مجھے خود بہ خود احساس ہوا کہ دروازہ کھولنے اور اندر جانے سے پہلے مجھے چند لمحے رک جانا چاہیے۔ میں باغ کی تپائی پر بیٹھ گیا جو میرے ڈرائنگ روم کی کھڑکی کے نیچے تھی۔ کچھ دیر ساکت رہا۔ میرا دل بری طرح دھڑک رہا تھا۔ سر دیوار سے ٹکا ہوا تھا اور میں درختوں کے جھنڈ کی سیاہی پر نظریں جمائے ہوئے تھا۔ چند لمحوں تک کوئی غیر معمولی بات نہیں ہوئی۔ پھر میرے کانوں میں ہلکی ہلکی گھڑگھڑاہٹ کی آواز آئی لیکن مجھے اکثر ایسا محسوس ہوا کرتا تھا۔ میرے کانوں میں اکثر ایسی آوازیں آیا کرتی تھیں جیسے ٹرین گزر رہی ہو، گھنٹے بج رہے ہوں یا کوئی بڑا مجمع زمین کو روندتا ہوا گزر رہا ہو۔

لیکن جلد ہی گھڑگھڑاہٹ کی آواز بالکل صاف سنائی دینے لگی اور اب شک کی کوئی گنجائش نہیں تھی۔ میں اب تک غلط فہمی میں مبتلا تھا۔ یہ میری شریانوں کی عام ٹپکن کا نتیجہ نہیں تھا بلکہ اب مجھے اپنے مکان کے اندر سے آنے والی مختلف آوازیں بالکل صاف سنائی دے رہی تھیں۔ دیوار سے کان لگائے میں شور وغل سنتا رہا۔ اس کو شور وغل کے بجائے گھڑگھڑاہٹ کہنا بہتر ہوگا جیسے بہت سارا سامان ایک جگہ سے دوسری جگہ ہٹایا جا رہا ہو۔ جیسے کوئی میرے فرنیچر وغیرہ کو ان کی جگہ سے کھسکا رہا ہو اور انھیں فرش پر گھسیٹ رہا ہو۔

قدرتی طور پر مجھے کچھ دیر تک اپنی سماعت پر شک رہا لیکن ان آوازوں کو زیادہ اچھی طرح سننے کے لیے میں نے اپنے کان دروازے سے لگائے اور مجھے جلد ہی یقین آ گیا کہ مکان کے اندر کوئی غیر معمولی اور ناقابل بیان بات ہو رہی ہے۔ میں ڈرا نہیں، لیکن میں کیسے بتاؤں؟ اس واقعے سے چونک کر بھی میں نے اپنے ریوالور کا

سیفٹی کیچ نہیں ہٹایا، اس یقین کے ساتھ کہ اس سے کوئی فائدہ نہ ہوگا۔ میں نے انتظار کیا۔

میں بہت دیر تک انتظار کرتا رہا لیکن کسی بھی قطعی فیصلے پر نہ پہنچ سکا، گو کہ میری دماغی حالت بالکل ٹھیک تھی، پھر بھی میں شدید الجھن کا شکار تھا۔ میں انتظار کرتا رہا اور اپنے کان اس بڑھتی ہوئی آواز پر لگائے رہا جو کبھی کبھی اتنی تیز ہو جاتی تھی جیسے کوئی بڑا دھما کہ ہونے والا ہو۔

یکا یک اپنی بزدلی پر شرمندہ ہو کر میں نے کنجی نکالی، دروازے کے تالے میں ڈال کر دوبار تیزی سے گھمائی اور اپنی پوری طاقت سے دروازے کو دھکا دیا جو اندر کی دیوار سے زوردار دھماکے کے ساتھ ٹکرایا۔

دروازے کی ٹکر سے اتنی تیز آواز ہوئی جیسے کسی نے فائر کر دیا ہو۔ آواز پورے مکان میں گونج گئی۔ یہ اتنی اچانک، خوفناک اور کرخت تھی کہ میں خود گھبرا کر پیچھے ہٹ گیا اور یہ جانتے ہوئے کہ اس سے کوئی فائدہ نہ ہوگا، میں نے ہولسٹر سے ریوالور نکال لیا۔

میں انتظار کرنے لگا لیکن زیادہ دیر تک نہیں۔ اب میں ایک بہت غیر معمولی آواز آتی سن رہا تھا۔ کسی کے چلنے کی آواز نہیں بلکہ فرش پر لکڑی اور لوہے کے رگڑنے کی آواز جو جھانجھ کی طرح مکان میں گونج رہی تھی اور پھر اچانک دروازے کی دہلیز پر مجھے اپنی بڑی آرام کرسی دکھائی دی جو ڈگمگاتی ہوئی باہر آرہی تھی۔ وہ دروازے سے باہر آئی اور راستے پر چل پڑی۔ اس کے پیچھے پیچھے ڈرائنگ روم کی دوسری کرسیاں اور ان کے پیچھے صوفہ تھا جو اپنے چھوٹے چھوٹے پایوں پر مگرمچھ کی طرح رینگتا ہوا آرہا تھا۔ ان سب کے پیچھے مکان کی دوسری کرسیاں بکریوں کی طرح اچھلتی ہوئی اور اسٹول خرگوش کی طرح پھدکتے ہوئے چلے آرہے تھے۔

سوچیے میری کیا حالت ہوئی ہوگی؟ میں جلدی سے ایک جھاڑی میں چھپ گیا لیکن میری نظریں اپنے فرنیچر کے جلوس پر گڑی ہوئی تھیں جو باہر نکل رہا تھا، قطار بنائے ہوئے ان میں ہر چیز کی چال اپنے وزن اور شکل کے اعتبار سے تھی۔ کچھ کی تیز، کچھ کی سست۔ میرا پیانو، شاندار پیانو، میرے قریب سے کسی تیز رفتار گھوڑے کی مانند گزرا۔ اس کے تاروں سے ہلکی جھنجھناہٹ پیدا ہو رہی تھی۔ چھوٹی اشیا؛ برش، طشتریاں اور گلاس فرش پر چیونٹیوں کی طرح رینگتی ہوئی آرہی تھیں اور اس طرح چمک رہی تھیں جیسے چاندنی میں جگنو چمکتے ہیں۔ دریاں اور پردے اس سبک روی کے ساتھ آرہے تھے جیسے پانی میں مچھلیاں تیرتی ہیں۔ میں نے اپنی لکھنے والی میز کو آتے دیکھا جو اٹھارھویں صدی کی کاریگری کا ایک بہت ہی نایاب نمونہ تھی۔ اس میں میرے خطوط بھی تھے۔ یہ میری زندگی کے اس جذباتی دور کی یادگاریں تھیں جو کب کا ختم ہو چکا تھا اور میری تصویریں بھی اسی میز پر تھیں۔

اچانک میرا ڈر غائب ہو گیا۔ میں نے اپنے کو میز پر گرا دیا اور اس سے اس طرح کشتی لڑنے لگا جیسے کوئی کسی چور یا ڈاکو سے دست و گریبان ہوتا ہے لیکن وہ بدستور چلتی رہی اور میں انتہائی کوشش کے باوجود اس کی رفتار تک کم نہ کر سکا۔ میں اس کی بے پناہ طاقت سے لڑتے لڑتے زمین پر گر پڑا اور وہ مجھ کو فرش پر لڑھکاتی ہوئی آگے بڑھتی رہی اور اس کے پیچھے آنے والی چیزیں مجھے روندتی ہوئی گزر رہی تھیں، بالکل اس طرح جیسے سواروں کا رسالہ کسی پیدل سپاہی کو کچلتا ہوا نکل جاتا ہے۔

آخر کار خوف سے پاگل ہو کر میں نے کسی طرح اپنے کو راستے سے ہٹایا اور درختوں کے بیچ میں چھپ گیا اور اپنے سامان کی چھوٹی سے چھوٹی چیزوں کو جو کبھی میری تھیں، نظروں سے اوجھل ہوتے دیکھتا رہا۔

پھر میں نے خالی مکان کے اندر دروازوں کے زور سے بند ہونے کی آوازیں سنیں۔ یہ آوازیں پورے مکان میں گونج رہی تھیں اور اس کے بعد بڑے کمرے کا دروازہ زور سے بند ہوا جس کو بیوقوفی سے میں نے ہی کھول دیا تھا اور جس میں سے نکل کر سارا فرنیچر باہر آ گیا تھا۔

تب میں وہاں سے بھاگا اور شہر کی طرف دوڑا۔ شہر کی سڑکوں پر پہنچ کر میری جان میں جان آئی۔ دیر سے لوٹنے والے لوگ اپنے گھروں کو جا رہے تھے۔ میں ایک ہوٹل پہنچا اور اس کے دروازے کی گھنٹی بجائی۔ اس ہوٹل کے لوگ مجھے پہلے ہی سے جانتے تھے۔ میں نے اپنے کپڑوں کو ہاتھ سے خوب جھاڑا اور ایک فرضی قصہ گڑھا کہ میں اپنی کنجیوں کا گچھا اپنے ملازموں کے مکان میں بھول آیا جو میرے باغ کی چار دیواری کے پیچھے ہے۔ اس طرح مجھے قیام کے لیے ہوٹل کا ایک کمرہ مل گیا۔

بستر پر لیٹ کر میں نے اپنی آنکھوں تک چادر کھینچ لی لیکن مجھے نیند نہیں آئی۔ میں صبح کا انتظار کرتا رہا اور اپنے دل کی تیز دھڑکنیں سنتا رہا۔ میں نے ہوٹل والے سے کہہ دیا تھا کہ صبح کی روشنی پھیلتے ہی میرے نوکروں کو اطلاع کر دے۔ صبح سات بجے میرے نوکر نے کمرے کا دروازہ کھٹکھٹایا۔ اس کے چہرے سے ظاہر ہو رہا تھا کہ وہ کتنا پریشان تھا۔

''صاحب، کل رات بہت ہی بھیانک واقعہ ہو گیا۔'' اس نے کہا۔

''کیا ہوا؟''

''آپ کا سارا فرنیچر چوری ہو گیا صاحب، کچھ نہیں بچا۔''

یہ سن کر مجھے کچھ اطمینان سا ہوا، کیوں؟ مجھے نہیں معلوم۔ میں نے اپنے اوپر پورا قابو رکھا۔ میں نے یہ بھی سوچا کہ اپنے جذبات کو کسی پر ظاہر نہ ہونے دوں، کسی کو نہ بتاؤں کہ میں نے کیا دیکھا تھا۔ اس واقعے کو اپنے سینے میں کسی بھیانک راز کی طرح دفن کر دوں۔ میں نے جواب دیا۔

''تب تو یہ وہی لوگ تھے جنھوں نے میری کنجیاں چرائیں۔ فوراً پولیس کو اطلاع کرنا چاہیے۔ میں ابھی تیار ہو کر تمھارے ساتھ پولیس اسٹیشن چلتا ہوں۔''

پانچ مہینے تک تحقیقات چلتی رہی لیکن کچھ بھی نتیجہ نہ نکلا۔ نہ میرے سامان ہی میں سے کوئی چیز ملی نہ چوروں کا کوئی سراغ ملا۔ یا اللہ! اگر میں انھیں یہ بتا دیتا کہ میں نے کیا دیکھا تھا تو وہ قید ہی کر دیتے، چوروں کو نہیں، بلکہ مجھے، جس نے ایسا واقعہ دیکھا ہو۔

میں نے اپنا مکان دوبارہ نہیں سجایا۔ اس سے کوئی فائدہ نہیں تھا۔ ہو سکتا تھا پھر وہی واقعہ پیش آتا۔ میں اس مکان میں واپس نہیں جانا چاہتا تھا۔ میں نے اس کو پھر دیکھا ہی نہیں۔ میں پیرس کے ایک ہوٹل میں چلا گیا اور ڈاکٹروں سے اپنے اعصاب کے بارے میں مشورہ کیا، کیوں کہ اس بھیانک رات کے بعد سے میرے اعصاب

میں ایک ہیجانی کیفیت پیدا ہوگئی تھی۔

انھوں نے مجھے سیاحت کی رائے دی اور میں نے اسی پر عمل کیا۔

میں نے اپنی سیاحت اٹلی سے شروع کی۔ سورج کی روشنی نے مجھ پر اچھا اثر کیا۔ چھ ماہ تک میں جنیوا سے وینس، وینس سے فلورنس، فلورنس سے روم، روم سے نیپلس تک گھومتا رہا۔ تب میں سسلی گیا جو اپنے مناظر اور یونانی اور نارمین کے مقبروں کے کھنڈرات کے باعث بہت دل فریب جگہ سمجھی جاتی ہے۔ وہاں سے افریقہ چلا گیا جہاں وسیع، پُرسکون ریگستان کی سیر کرتا رہا اور جہاں اونٹ اور خانہ بدوش عرب گھومتے ہوئے دکھائی دیتے تھے اور جہاں صرف کھلی ہوئی ہوا میں کسی قسم کا محاصرہ مجھے نہیں محسوس ہوتا تھا، وہ دن ہو یا رات۔

میں مارسلیز ہوتا ہوا فرانس واپس آ گیا، لیکن دھوپ کی حدت والے علاقے ختم ہوتے ہی مجھ پر پھر اداسی چھا گئی۔

میں پھر پیرس واپس چلا گیا۔ ایک مہینے کے بعد میں اکتا گیا۔ وہ خزاں کا موسم تھا اور میں نے طے کیا کہ جاڑے شروع ہونے سے پہلے میں نارمنڈی کے علاقے کا ایک چکر لگالوں، یہ میرے لیے نئی جگہ تھی۔

میں نے روین سے اپنا سفر شروع کیا اور تقریباً ایک ہفتے تک اس قدیم شہر میں مختلف تاثرات کے ساتھ گھومتا رہا۔ یہ گوتھک آرٹ کا اچھا خاصا عجائب خانہ تھا۔

پھر ایک شام تقریباً چار بجے، جب کہ میں ایک خوب صورت سڑک پر جس کے کنارے کنارے ایک سیاہی مائل پانی کی نہر بہہ رہی تھی، گھوم رہا تھا کہ میری نظریں پرانے فرنیچر کی کچھ دکانوں پر جم گئیں اور میری ساری توجہ جو کچھ دیر پہلے شہر کی پرانی طرز کی عمارتوں پر تھی، ان دکانوں کی طرف مبذول ہوگئی۔

اس ذخیرے کو دیکھ کر پرانی چیزوں سے میری رغبت پھر زندہ ہوگئی۔ میں ان دکانوں میں گھومتا رہا اور نہر کے بدبودار پانی پر چار سڑے ہوئے تختوں سے بنائے گئے پلوں کو دو ہی چھلانگ میں پار کرلیا۔ اور تب؛ یا اللہ، میرا دل اچھل کر منھ میں آ گیا۔ میری نظر اپنی الماریوں میں سے ایک پر پڑی جو ایک کمرے میں رکھی ہوئی تھی۔ وہ کمرہ پرانے فرنیچر کا قبرستان سا معلوم ہو رہا تھا۔ میں کانپتا ہوا اس کی طرف بڑھا۔ میں اتنا ہی کانپ رہا تھا کہ مجھ میں اس کو چھونے کی ہمت نہیں ہوئی۔ میں نے اپنا ہاتھ بڑھایا، پھر جھجک گیا۔ وہ یقیناً میری ہی تھی۔ اس میں کوئی شک نہیں تھا اور اس کو جس نے بھی پہلے دیکھا ہو، پہچان سکتا تھا۔ اچانک اس نیم تاریک برآمدے کے آخر میں، میں نے اپنی تین آرام کرسیاں دیکھیں۔ ان سے کچھ ہی دور پر میری دو میزیں رکھی تھیں جو اتنی نفیس بنی ہوئی تھیں کہ پیرس سے لوگ انھیں خاص طور پر دیکھنے آتے تھے۔

سوچیے، ذرا سوچیے میرے کیا جذبات ہوں گے؟

گھبراہٹ اور برانگیختگی کے عالم میں آگے بڑھا اور اندر چلا گیا، کیوں کہ میں بزدل نہیں ہوں۔ میں اس طرح اندر داخل ہوا جیسے کوئی نائٹ کسی جادوگرنی کے باورچی میں داخل ہوتا ہے۔ جوں جوں میں آگے بڑھ رہا

تھا، مجھے اپنی کتابیں، تصویریں، دریاں، قالین اور ہتھیاروں رکھے ہوئے دکھائی دے رہے تھے، سوا لکھنے کی میز کے جس میں میرے خطوط تھے، وہ کہیں بھی نظر نہیں آئی۔

میں چلتا رہا، تہہ خانوں میں، تاریک برآمدوں میں اور پھر اوپر واپس آ گیا۔ میں بالکل اکیلا تھا۔ میں نے آواز دی لیکن کوئی جواب نہیں ملا۔ میرے علاوہ وہاں کوئی نہیں تھا۔ اس بڑے بھول بھلیاں نما مکان میں، میں اکیلا تھا۔

رات ہونے لگی اور میں اپنی ہی ایک کرسی پر بیٹھ گیا، کیوں کہ میں وہاں سے ہٹنا نہیں چاہتا تھا۔ تھوڑے تھوڑے وقفے سے میں پکارتا تھا: ''یہاں کوئی ہے؟''

میں یقیناً وہاں ایک گھنٹے سے زیادہ بیٹھا رہا اور پھر مجھے قدموں کی چاپ سنائی دی، ہلکے اور سست قدموں کی چاپ۔ میں نہیں بتا سکتا کہ وہ آواز کہاں سے آ رہی تھی۔ میں وہاں سے تقریباً دوڑتا ہوا بھاگا لیکن ہمت باندھ کر میں نے پھر آواز دی، اور تب ہی برابر والے کمرے میں، میں نے روشنی دیکھی۔

آواز آئی، ''کون ہے؟''

میں نے جواب دیا، ''خریدار۔''

جواب آیا، ''بہت دیر ہو چکی ہے۔ دکان بند ہے۔''

میں نے تیزی سے کہا، ''میں آپ کا ایک گھنٹے سے انتظار کر رہا ہوں۔''

''آپ کل آ سکتے ہیں۔''

''کل میں روین سے چلا جاؤں گا۔''

آگے بڑھنے کی مجھ میں ہمت نہیں تھی اور وہ میرے پاس نہیں آیا۔ کمرے سے آنے والی روشنی کا عکس ایک پردے پر چمک رہا تھا جس میں دو فرشتوں کو میدان جنگ میں لاشوں پر اڑتے ہوئے دکھایا گیا ہے۔ یہ پردہ بھی میرا ہی تھا۔

میں نے کہا، ''اچھا تو کیا آپ باہر آ رہے ہیں؟''

اس نے جواب دیا، ''میں آپ کا انتظار کر رہا ہوں۔''

میں اٹھا اور اس کی طرف بڑھا۔

ایک بڑے کمرے کے بیچ میں ایک بہت ہی پستہ قد اور موٹا آدمی کھڑا تھا۔ وہ اتنا موٹا تھا جیسے ناٹکوں میں موٹے آدمی ہوتے ہیں۔ وہ سودے بازی میں بہت سخت تھا۔ اس کے گندی اور چھدرے بالوں والی زرد داڑھی تھی۔ سر پر ایک بھی، ایک بھی نہیں۔ جب اس نے قریب آ کر مجھے دیکھنے کے لیے اپنی شمع اوپر اٹھائی تو اس کا گنجا سر پرانے فرنیچر سے بھرے ہوئے اس بڑے کمرے میں ایک چھوٹے چاند کی طرح معلوم ہو رہا تھا۔ اس کا چہرہ پھولا پھولا اور جھریوں سے بھرا ہوا تھا اور آنکھیں بہت چندھی تھیں۔

تھوڑی سودے بازی کے بعد میں نے اپنی ہی کرسیوں میں سے تین کرسیاں خرید لیں اور ایک بڑی

رقم نقد ادا کر دی اور صرف اپنے ہوٹل کے کمرے کا نمبر بتا دیا۔ دوسرے دن صبح نو بجے وہ کرسیاں مجھے ملنا تھیں۔ اس کے بعد میں دکان سے چلا آیا۔ وہ مجھے بہت ہی مہذبانہ انداز میں دروازے تک پہنچانے آیا۔ میں وہاں سے سیدھا پولیس اسٹیشن پہنچا جہاں میں نے اپنے فرنیچر کی چوری اور اپنی تازہ دریافت کا واقعہ بتایا۔

انسپکٹر نے فوراً ہی پبلک پراسیکوٹر کے دفتر تار بھیجا جہاں اس واردات کی کاروائی رکی ہوئی تھی۔ مجھ سے انتظار کرنے کو کہا۔ ایک گھنٹے بعد جواب ملا جس نے میری رپورٹ کی تصدیق کر دی۔

"میں آدمی کو گرفتار کر کے ابھی پوچھ گچھ کرتا ہوں۔" اس نے کہا۔ "کیوں کہ ہوسکتا ہے کہ اسے کچھ شک ہو گیا ہو اور وہ آپ کا سامان کہیں اور چھپا دے۔ میری رائے ہے کہ آپ جائیں اور کھانا وغیرہ کھا کر دو گھنٹے بعد آئیں۔ تب تک میں اس کو یہاں لے آؤں گا اور پھر میں آپ کے سامنے اس سے دوبارہ پوچھ گچھ کروں گا۔"

"بہت خوب، انسپکٹر میں کس زبان سے آپ کا شکریہ ادا کروں۔"

میں نے ہوٹل جا کر کھانا کھایا۔ آج خلاف امید میری بھوک کھل گئی تھی۔ سب سے زیادہ مجھے یہ اطمینان تھا کہ اس کو پکڑ لیا گیا ہوگا۔

دو گھنٹے بعد میں پولیس اسٹیشن پہنچا۔ انسپکٹر میرے انتظار ہی میں تھا۔

"کیا بتائیں جناب۔" اس نے مجھے دیکھتے ہی کہا، "ہم آپ کے دوست کو نہیں پکڑ سکے۔ ابھی تک وہ میرے آدمیوں کے ہاتھ نہیں آیا۔"

"کیا، آپ کا مطلب ہے۔۔۔" ناامیدی کی ایک لہر سی میرے بدن میں دوڑ گئی۔

"لیکن۔۔۔ آپ نے اس کا گھر تو ڈھونڈ لیا تھا؟" میں نے پوچھا۔

"جی ہاں، اور اس کی باقاعدہ نگرانی کی جارہی ہے، جب تک وہ واپس نہیں آتا۔ لیکن وہ غائب ہو گیا ہے۔"

"غائب ہو گیا؟"

"جی ہاں، غائب ہو گیا۔ وہ عام طور پر اپنی پڑوسن کے ساتھ شام کا وقت گزارتا ہے جو ایک عجیب طرح کی بڈھی عورت ہے۔ وہ بھی اسی کی طرح پرانا سامان بیچتی ہے۔ اس بڑھیا کا کہنا ہے کہ آج شام ان کی ملاقات نہیں ہوئی اور نہ ہی اس کے بارے میں کچھ بتا سکتی ہے کہ وہ کہاں ہے۔ اس لیے ہم کو کل تک انتظار کرنا ہوگا۔"

میں چلا آیا۔ اب روین کی سڑکیں عجیب منحوس اور اداس اداس سی لگ رہی تھیں۔ رات کو ٹھیک طرح سے نہیں سو سکا اور جب بھی آنکھ لگتی تھی، بڑے ہی ڈراؤنے خواب دکھائی دیتے تھے۔

چونکہ میں دوسروں پر اپنی بے چینی اور عجلت ظاہر کرنا نہیں چاہتا تھا، اس لیے میں نے دوسرے دن صبح بجنے تک انتظار کیا اور تب پولیس اسٹیشن آ گیا۔

"وہ دکاندار ابھی تک غائب ہے۔ اس کی دکان بند ہے۔" انسپکٹر نے کہا، "میں نے ضروری اقدام

کر لیے ہیں۔ پبلک پراسکیوٹر کے محکمے کو بھی اطلاع کر دی۔ ہم لوگ ساتھ جا کر دکان کا تالا توڑیں گے۔ آپ ساتھ چل کر اپنا سامان دکھائیے گا۔"

ہم لوگ اس جگہ گئے۔ پولیس کا پہرہ لگا ہوا تھا۔ ایک تالے والا بھی موجود تھا اور دکان کا تالا کھول دیا گیا تھا۔

جب میں اندر گیا تو نہ میری الماری تھی، نہ میری آرام کرسیاں، نہ میزیں، میرے گھر کی چیزوں میں سے کوئی بھی چیز وہاں نہیں تھی، جب کہ پچھلی شام ہر قدم پر میرا ہی سامان بکھرا ہوا تھا۔

چیف انسپکٹر نے حیرت زدہ ہو کر مجھے مشکوک نظروں سے دیکھا۔

"انسپکٹر صاحب! میرے سامان کے غائب ہو جانے کا دکاندار کے غائب ہو جانے سے گہرا تعلق ہے۔" میں نے کہا۔

وہ مسکرایا، "آپ ٹھیک کہہ رہے ہیں۔ آپ نے کل چیزیں خرید کر اور ان کی قیمت دے کر سخت غلطی کی۔ اس سے اسے شک ہو گیا۔"

میں نے جواب دیا، "مگر میری سمجھ میں نہیں آ رہا ہے کہ کل تو یہ جگہ میرے سامان سے بھری ہوئی تھی اور آج یہاں دوسرا سامان رکھا ہوا ہے۔"

"اس کو رات بھر کا وقت بھی تو مل گیا۔ اور اس میں بھی کوئی شک نہیں کہ اس کے اور بھی ساتھی ہوں گے۔ یقیناً اس کے پاس ایک گھر سے دوسرے گھر سامان پہنچانے کے بھی وسائل ہوں گے۔ خیر، آپ گھبرائیے نہیں جناب۔ میں اپنی طرف سے کوئی کسر نہ اٹھا رکھوں گا۔ چور ہم لوگوں کو زیادہ عرصے تک چکمہ نہیں دے سکتا۔ اب ہم لوگوں نے اس کا خفیہ ٹھکانہ معلوم کر لیا ہے۔"

میرا دل اس بری طرح دھڑک رہا تھا جیسے ابھی پھٹ جائے گا۔

میں روین میں پندرہ دن تک رہا۔ وہ آدمی واپس نہیں آیا۔ خدا جانتا ہے، کوئی بھی اس آدمی کو ڈھونڈنے یا گرفتار کرنے میں کامیاب نہیں ہوا۔

دوسرے دن صبح مجھے یہ عجیب خط ملا جو میرے مالی نے بھیجا تھا اور جو ان دنوں میرے گھر کی دیکھ بھال کر رہا تھا۔ اس ڈکیتی کے بعد سے وہ مکان خالی پڑا تھا۔

جناب عالی!

عرض یہ ہے کل رات ایک ایسا واقعہ گزرا جس کو نہ تو میں ہی بیان کر سکتا ہوں اور نہ پولیس۔ آپ کا سارا فرنیچر واپس آ گیا ہے۔ چھوٹی سے چھوٹی چیز بھی۔ اب مکان پھر اس حالت میں ہو گیا ہے جیسا کہ نقب زنی سے پہلے تھا۔ آپ یہاں آ کر سب کچھ بھول جائیں گے۔ یہ سب جمعہ اور ہفتہ کی درمیانی رات میں ہوا۔ راستہ ضرور کچھ خراب ہو گیا ہے، کیوں کہ ایسا لگتا ہے

جیسے ہر چیز باغ کے پھاٹک سے لے کر صدر دروازے تک گھسیٹ کر لائی گئی ہو۔ اس کی حالت بالکل ویسی ہی سمجھیے، جیسی کہ اس دن ہوگئی تھی جس دن یہ سب سامان غائب ہوگیا تھا۔

آپ کے آنے کا منتظر

آپ کا خادم،

فلپ

نہیں! نہیں! میں واپس نہیں جاؤں گا۔

میں خط لے کر چیف انسپکٹر کے پاس گیا۔

''یہ واپسی تو بڑی صفائی سے ہوئی۔'' اس نے کہا، ''ہم آج ہی کل میں اس شخص کو پکڑ لیں گے۔

لیکن وہ نہیں پکڑا گیا۔ نہیں، وہ اس کو نہیں پا سکے اور اب میں اس سے خوفزدہ ہوں، اس طرح جیسے کوئی وحشی جانور میرے پیچھے چھوڑ دیا گیا ہو۔

اس کا پتہ نہیں لگایا جاسکتا۔ وہ کبھی ہاتھ نہیں آئے گا۔ وہ بدہیئت آدمی جس کا گنجا سر چاند کی طرح ہے، وہ اس کو کبھی نہیں پکڑ سکیں گے۔ وہ کبھی بھی اپنی دکان نہیں جائے گا۔ وہ کیوں جانے لگا؟ سوا میرے اس سے کوئی نہیں مل سکتا اور میں اس سے نہیں ملوں گا، نہیں ملوں گا، نہیں ملوں گا۔

اور اگر وہ واپس جاتا ہے، اگر وہ اپنی دکان پر جاتا ہے، تو کون ثابت کرے گا کہ وہاں میرا فرنیچر موجود تھا۔ اس کا گواہ تو صرف میں ہوں۔ اور میرے دل میں یہ خیال پیدا ہو رہا ہے کہ وہ سب میرا وہم ہی تھا۔

نہیں! اب میرا جینا شوار ہوگیا ہے اور اب میں اس واقعے کو راز میں بھی نہیں رکھ سکوں گا۔ یہ خوف کہ وہ واقعہ پھر کسی لمحے میرے ساتھ ہوسکتا ہے، مجھے دوسروں کی طرح زندگی نہیں بسر کرنے دے گا۔

میں دماغی اسپتال میں ڈاکٹر پاس مشورے کے لیے گیا اور اسے سارا واقعہ بتا دیا۔ میری مکمل جانچ کے بعد اس نے کہا، ''جناب، کیا آپ کچھ دن اور یہاں ٹھہر سکتے ہیں؟''

''بہت خوشی کے ساتھ۔''

''آپ کے پاس پیسے کی کمی تو نہیں ہے؟''

''نہیں ڈاکٹر۔''

''کیا آپ اپنے رہنے کے لیے ایک بنگلہ پسند کریں گے؟''

''جی ہاں۔ بالکل۔''

''کیا آپ چاہیں گے آپ کے دوست احباب آپ سے ملنے یہاں آئیں؟''

''نہیں ڈاکٹر، کوئی نہیں۔ روین کا وہ آدمی ہوسکتا ہے یہاں بھی پہنچ جائے اور میرے ساتھ لگ

جائے۔"

اور یہاں تنہا رہتے ہوئے مجھے تین مہینے گزر چکے ہیں، بالکل تنہا۔ یہاں مجھے کوئی پریشانی نہیں ہے۔ البتہ میں صرف ایک چیز سے ڈرا ہوا ہوں۔ اگر وہ کہیں پرانی چیز والا دکاندار پاگل ہو گیا اور اگر کہیں اس کو اسی اسپتال میں لایا گیا۔

اُف قید خانے تک پوری طرح محفوظ نہیں ہیں۔

بیاہنی لڑکی

یوژین آئنسکو (فرانس)

ترجمہ: مسیح الزماں

فرانکو رومانیہ مصنف، ڈراما نگار یوژین آئنسکو (Ionesco) کی ماں فرانسیسی اور باپ کو تعلق رومانیہ سے تھا۔ بخارسٹ کے قریب، رومانیہ کے شہر سلاطینہ (slatina) میں، ۲۶ نومبر ۱۹۱۲ء کو پیدا ہوئے۔ اسی سال ان کا خاندان پیرس چلا گیا۔ وہ ۱۲ سال کی عمر میں واپس رومانیہ چلے گئے اور انھوں نے بخارسٹ یونیورسٹی میں فرانسیسی زبان میں خصوصی ثانوی تعلیم مکمل کی۔ ۱۹۳۶ء سے ۱۹۳۸ء تک انھوں نے بخارسٹ کے ایک ثانوی اسکول میں فرانسیسی کے استاد مقرر رہوئے۔ جنگ کے دوران انھوں نے پیرس کے ایک پبلشنگ ہاؤس میں پروف خواں (Proofreader) کے طور پر کام کیا۔

آئنسکو کے ڈراموں میں معاشرتی، سیاسی اور وجودی بغاوت بھری ہوئی ہے۔ وہ حکومت شکن بھی ہیں اور دینا میں جدید انساں کے وجود کو بے معنی تصور کرتے ہیں۔ انھوں نے مزاحیہ اور طنزیہ انداز میں اپنے ڈراموں میں روایتی ہیت اور مواد کو رد کرتے ہوئے اپنے ڈرامائی اظہار اور اسلوب میں نراجی منطقی پلاٹ، کردار کا ارتقا اور فرد کے بے معنی دینا کو اجاگر کیا ہے۔

آئنسکو کی موت ۲۹ مارچ ۱۹۹۴ء کو ۸۴ سال کی عمر میں ہوئی۔

کردار: مرد، خاتون، لڑکی۔

خاتون لمبی اسکرٹ پر قرمزی رنگ کا چست جیکٹ پہنے ہیں۔ سر پر پھول دار ہیٹ ہے جسے ہیٹ پن سے سر پر لگایا گیا ہے۔ ان کے ہاتھ میں ایک بیگ ہے۔

مرد کے سفید ڈاڑھی ہے۔ اونچا سخت کالر، سخت کف، فراک کوٹ پہنے ہوئے۔
دونوں ایک پارک میں بنچ پر بیٹھے ہیں۔

خاتون: میں آپ کو بتاتی ہوں کہ میری لڑکی پڑھنے میں کافی تیز ہے۔
مرد: مجھے معلوم نہیں تھا لیکن اس پر مجھے کوئی حیرت بھی نہیں۔ میں جانتا ہوں کہ اس میں کافی جرأت و حوصلہ ہے۔
خاتون: بہت سے دوسرے والدین کی طرح مجھے اس سے کوئی شکایت نہیں۔ اس کا رویہ ہمیشہ اطمینان بخش رہا ہے۔
مرد: یہ آپ ہی کا فیض تربیت ہے۔ مثالی اولاد خصوصاً آج کل مشکل ہی سے دیکھنے میں آتی ہے۔
خاتون: بالکل ٹھیک کہتے ہیں آپ۔
مرد: میرے بچپن اور جوانی کے زمانے میں بچے اب سے کہیں زیادہ مطیع اور والدین سے قریب ہوتے تھے۔ انھیں احساس ہوتا تھا کہ ان کے والدین ان کے لیے کیا قربانیاں کرتے ہیں، ان کے مالی وسائل اور دشواریاں کیا ہیں۔ اگرچہ بعض پہلوؤں سے یہ بھی اچھا ہوتا ہے کہ انھیں اس کا احساس نہ ہو۔
خاتون: مجھے آپ سے اتفاق ہے۔ وہ اب سے کہیں زیادہ۔۔۔
مرد: ہاں۔ ان کی تعداد اب سے بہت زیادہ ہوتی تھی۔
خاتون: بالکل۔ اب تو فرانس میں پیدائش کی رفتار بہت گرتی جارہی ہے۔
مرد: ہاں، نشیب وفراز تو آتے ہی رہتے ہیں۔ حال میں یہ رفتار بڑھنے لگی ہے لیکن پچھلے برسوں کی کمی شاید ہی پوری ہوسکے۔
خاتون: بالکل نہیں۔ آپ کا خیال بالکل صحیح ہے۔
مرد: آپ کیا امید کرسکتی ہیں۔ ان دنوں بچوں کی پرورش آسان نہیں رہی۔
خاتون: یقیناً۔ آدمی کو زندہ رکھنے کے لیے روز بہ روز زیادہ خرچ کرنے کی ضرورت ہوتی جارہی ہے۔ پھر سوچیے کہ ان کی خواہشوں اور ضرورتوں کی فہرست کتنی لمبی ہوتی ہے۔ کیا ہے جس کی وہ فرمائش نہیں کرتے؟
مرد: آخر اس کا انجام کیا ہوگا۔ آج صرف انسانی زندگی سستی ہے۔
خاتون: بالکل ٹھیک۔ میں آپ سے پوری طرح متفق ہوں۔ آپ درست کہتے ہیں۔
مرد: زلزلے، حادثے، موٹر اور بیسوں قسم کی گاڑیاں جیسے ہوائی جہاز، سماجی بیماری، خودکشی، ایٹم بم۔۔۔
خاتون: اوہ، ہاں، ایٹم بم! اس نے جیسے موسموں کو بدل دیا ہے، نہ جاڑے کا ٹھیک ہے نہ برسات کا۔ سب ہی الٹ پلٹ گیا ہے۔ اور اسی پر خاتمہ نہیں؛ سنیے، کیا آپ جانتے ہیں کہ میں نے لوگوں کو کیا کہتے سنا ہے؟

مرد: ارے لوگ تو جانے کیا کیا کہتے رہتے ہیں۔ ان کی باتوں کا یقین کرنے لگیں تو۔۔۔

خاتون: درست ہے۔ ان باتوں کا تو کہیں خاتمہ ہی نہیں۔ اور اخبار بھی تو سب جھوٹ کا پلندہ ہوتے ہیں۔

مرد: میری بات مانیے محترمہ، کسی پر بھروسا نہ کیجیے، کسی کا یقین نہ کیجیے، کسی کی خرافات دماغ میں جانے نہ دیجیے۔

خاتون: ٹھیک تو ہے۔ اس خرافات کے بغیر ہی سکون رہتا ہے۔ میں دیکھتی ہوں کہ آپ کا دماغ اپنی جگہ پر بہت متوازن ہے۔

مرد: جی، بات اتنی ہے کہ میں اسے استعمال کرتا رہتا ہوں۔

خاتون: بالکل صحیح ہے۔ لیکن ہر ایک کے لیے آپ یہی بات تو نہیں کہہ سکتے۔

مرد: آج کل کے زمانے میں ان تمام تفریحوں، مصروفیتوں اور دلچسپیوں میں؛ سنیما، انکم ٹیکس، گراموفون، ریکارڈ کی لائبریریاں، ٹیلیفون، ریڈیو، ہوائی جہاز کا سفر، بڑی بڑی دکانیں۔۔۔

خاتون: ہاں، یہ آپ نے کہا!

مرد: جیل خانے، شاہراہیں، بیمہ اور۔۔۔

خاتون: بالکل ٹھیک، بالکل ٹھیک۔

مرد: یہ تمام چیزیں جو نئی زندگی کا حسن ہیں، اس کی دلکشی ہیں، انھوں نے مردوں اور عورتوں کو بدل دیا ہے۔ ایسا بدل دیا ہے کہ انھیں پہچاننا مشکل ہے۔

خاتون: اور یہ تبدیلی بہتری کی طرف نہیں، آپ کا یہی مطلب ہے نہ؟''

مرد: جی۔ لیکن پھر بھی ہم ترقی کا انکار نہیں کر سکتے۔ کیوں کہ برابر اسے کسی نہ کسی سمت میں بڑھتے اور پھیلتے ہوئے دیکھتے رہتے ہیں۔۔۔

خاتون: بالکل ٹھیک۔

مرد: ۔۔۔ انجینئرنگ میں، سائنس میں، مشین سازی میں، ادب میں اور آرٹ میں۔

خاتون: بالکل، بالکل۔ ہمیں ہر حال میں انصاف پسند ہونا چاہیے۔ کسی کے ساتھ زیادتی کرنا ٹھیک نہیں۔

مرد: آپ یہاں تک کہہ سکتی ہیں کہ تہذیب کا کارواں برابر آگے بڑھ رہا ہے اور تمام اقوام کی متحدہ کوششوں سے صحیح سمت میں قدم۔۔۔

خاتون: بالکل درست ہے۔ آپ نے میرے منھ کی بات چھین لی۔

مرد: اپنے آبا و اجداد کے وقت سے ہم بہت آگے نکل آئے ہیں۔ جب وہ غاروں میں رہتے، ایک دوسرے کو بھنبھوڑتے، جانوروں کی کھالوں پر گزارا کیا کرتے تھے۔ کتنا لمبا سفر ہم نے طے کرلیا ہے۔''

خاتون: اور کیا۔ اور سنٹرل ہیٹنگ (مشینوں کی مدد سے عمارتوں کو گرم رکھنا) جناب، سنٹرل ہیٹنگ! کیا ان کے غاروں میں اس کا انتظام تھا؟

مرد: اب آپ دیکھیے محترم خاتون کہ جب میں بچہ تھا۔۔۔

خاتون: عمر کا کیسا سہانہ زمانہ ہوتا ہے بچپن۔

مرد: ۔۔۔ تو میں دیہات میں رہتا تھا اور مجھے یاد ہے کہ جاڑا ہو یا گرمی، دھوپ ہی ہمارا سہارا ہوتی تھی۔ ہمارے گھر میں تیل سے روشنی کی جاتی تھی، اس وقت یہ اتنا گراں نہیں تھا، اور کبھی کبھی شمعیں بھی۔۔۔

خاتون: وہ تو اب بھی جلائی جاتی ہیں، جب بجلی فیل ہو جائے۔

مرد: مشینوں کی بھی خامیاں ہوتی ہیں، آخر آدمی ہی نے انھیں بنایا ہے۔

خاتون: ارے مردوں کی خامیوں کی بات مجھ سے نہ کیجیے۔ مجھ سے زیادہ کون انھیں جانے گا۔ اس سلسلے میں وہ عورتوں سے بالکل بہتر نہیں۔ دونوں ہی یکساں ہیں۔

مرد: یقیناً۔ تو آپ مردوں سے کیوں امید رکھتی ہیں کہ وہ فرائض انجام دینے میں مشینوں سے بھی بڑھ جائیں۔

خاتون: ہاں مجھے اس کا خیال پہلے نہیں آیا۔۔۔ لیکن اب جو اس پہلو سے سوچتی ہوں تو نظر آتا ہے کہ یہ ممکن تو ضرور ہے۔

مرد: آپ دیکھیے محترمہ، کہ انسانیت کا مستقبل، مستقبل ہی میں ہے۔ جانوروں اور پودوں کے لیے اس کے بالکل برخلاف ہے۔ لیکن ہمیں یہ نہیں سوچنا چاہیے کہ مشین حاکم علی الاطلاق ہے جو ہمارے ہاتھ ہلائے بغیر خدا اور ترقی کی جگہ لے لے گی۔ اس کے برخلاف۔۔۔

خاتون: میں نے کبھی ایسا نہیں کہا۔

مرد: میں کہہ رہا تھا محترمہ کہ اس کے برخلاف آدمی اب بھی بہترین انسانی مشین ہے۔ آدمی ہی اس مشین کا آگے پیچھے کرنے والا ہے، کیوں کہ وہی اس کا دماغ ہے۔

خاتون: یہ بات کہی آپ نے۔

مرد: اور مشین آخر مشین ہے۔ البتہ حساب لگانے والی مشین جو خود ہی سے جوڑ گھٹا لیتی ہے۔

خاتون: بالکل صحیح ہے۔ حساب کرنے والی مشین خود ہی جوڑتی گھٹاتی ہے۔ بالکل ٹھیک۔۔۔

مرد: مستثنیات ہی سے اصول ثابت ہوتے ہیں۔ اب آپ دیکھیے کہ ابھی ابھی ہم چراغ اور شمعوں کی بات کر رہے تھے۔ اس زمانے میں ایک انڈے کی قیمت ایک پائی سے زیادہ نہ تھی۔

خاتون: ناممکن!

مرد: آپ کو یقین نہ آئے تو مجبوری ہے۔

خاتون: ایسا نہیں کہ میں آپ کو جھوٹا سمجھتی ہوں۔

مرد: دس پیسوں میں تو آپ پورا کھانا کھا سکتی تھیں۔ اناج کی اس وقت قیمت ہی کیا تھی!

خاتون: لیکن اب تو حالات دوسرے ہیں بالکل۔

مرد: پونے چار روپے میں اچھے چمڑے کے بوٹ ملتے تھے۔ آج کل کے لڑکے ان باتوں کو سمجھ ہی نہیں سکتے۔

خاتون: انھیں احساس ہی نہیں کہ کس طرح ان کے لیے سب چیزیں مہیا کی جاتی ہیں۔ یہ نوجوان کتنے ناشکرے ہیں۔

مرد: آج کل ہر چیز ہزار گنا مہنگی ہے۔ تو ہم کیسے کہہ سکتے ہیں کہ مشینوں کا ایجاد خوشگوار ہے اور ترقی بہتری کا دوسرا نام ہے؟

خاتون: ہم ہرگز نہیں کہہ سکتے۔

مرد: آپ شاید یہ کہیں کہ ترقی بھی اچھی یا بری ہو سکتی ہے جیسے یہودی یا جرمن فلمیں۔

خاتون: نہیں، نہیں۔ میں ایسی بات نہیں کہوں گی۔

مرد: کیوں نہیں۔ آپ چاہیں تو ضرور کہہ سکتی ہیں۔ آپ کو اس کا حق حاصل ہے۔ ہے نہ؟

خاتون: بالکل۔

مرد: ہر آدمی کو اپنی رائے رکھنے کا حق ہے۔ میں دقیانوسی نہیں ہوں۔ آخر انقلاب فرانس، صلیبی جنگیں، قیصر ولیم، پوپ، نشاۃ الثانیہ، لوئی چہاردہم ہو چکے ہیں۔ ذرا سی بات کے لیے اتنے ہنگامے! آزادیٔ رائے اور اظہار خیال کے لیے ہم نے بہت بڑی قیمتیں دی ہیں تاکہ دوسروں کے تمسخر کے بغیر ہمارے جی میں جو بھی آئے، کہہ سکیں۔

خاتون: یقیناً ہم نے اس کے لیے بڑی قربانیاں کی ہیں۔۔۔ یہ ہمارا گھر ہمارا وطن ہے۔۔۔ ہم کسی کو آکر اسے الٹ پلٹ نہیں کرنے دیں گے۔

مرد: اور ژان آف آرک؟ آپ نے کبھی سوچا ہے کہ وہ آج یہ سب دیکھے تو کیا کہے گی؟

خاتون: یہ سوال تو میں نے اپنے سے کئی بار کیا ہے۔

مرد: ریڈیو!۔۔۔ اور وہ ایک پرانے خستہ جھونپڑے میں رہا کرتی تھی۔ ساری موجودہ تبدیلیوں کے بعد تو وہ اس ملک کو پہچانے گی بھی نہیں۔

خاتون: نہیں۔ وہ اب دیکھے تو بالکل نہیں پہچان سکتی۔

مرد: پھر بھی، شاید، جان لے آخر۔

خاتون: ہاں، شاید جان جائے آخر۔

مرد: ذرا سوچیے کہ ان انگریزوں نے اسے آگ میں زندہ جلا ڈالا، اور پھر اب ہمارے دوست بن گئے ہیں۔

خاتون: کسی نے کا ہے کو یہ سوچا ہوگا۔

مرد: مگر، انگریزوں میں کچھ اچھے بھی ہوتے ہیں۔

خاتون: لیکن زیادہ تر خراب۔

مرد: کارسیکا کے باشندے بھی ان سے بہتر نہیں ہوتے۔

خاتون: میرا یہ مطلب نہیں۔۔۔

مرد: کم سے کم وہ ایک مصرف کے تو ہیں۔ سارے فرانس میں ڈاکیے کارسکی ہیں۔ یہ ڈاکیے نہ ہوتے تو ہماری ڈاک کون لاتا؟

خاتون: وہ ایک لازمی برائی ہیں۔

مرد: برائی کبھی لازمی نہیں ہوتی۔

خاتون: آپ ٹھیک کہتے ہیں۔ یہ حقیقت ہے۔

مرد: آپ یہ نہ سمجھیے گا کہ میں ڈاکیے کے پیشے کو حقیر سمجھتا ہوں۔

خاتون: ہر پیشے کی اپنی خصوصیت ہوتی ہے۔

مرد: (اٹھتے ہوئے) محترمہ، یہ بڑے پتے کی بات ہے۔ ان الفاظ کو حرز جاں بنا کر یاد رکھنا چاہیے۔ میری مبارک باد لیجیے (خاتون کے ہاتھ کا بوسہ لیتا ہے) یہ آپ کا اعزاز ہے (خاتون کے کے سینے پر پن سے ایک تمغہ لگا دیتا ہے۔)

خاتون: (کچھ گھبرا کر) ارے جناب۔۔۔ میں تو ایک معمولی عورت ہوں۔۔۔ لیکن اگر واقعی آپ کا مطلب یہ ہے۔۔۔

مرد: میں پوری سنجیدگی سے کہتا ہوں محترمہ۔ حقیقت کسی بھی دماغ سے نکل سکتی ہے۔ اس پر کسی کا اجارہ ۔۔۔

خاتون: خوشامدی کہیں کے!

مرد: (پھر بیٹھتے ہوئے) محترمہ، آپ نے ہمارے سماج کی بنیادی کمزوری پکڑ لی ہے۔ میں اس سے نفرت کرتا ہوں، اس کی تحقیر کرتا ہوں۔ اگرچہ خود کو اس سے الگ نہیں کر پاتا۔

خاتون: آپ کو یہ کرنا بھی نہیں چاہیے۔

مرد: ہمارا سماج اب کسی پیشے کو محترم نہیں مانتا۔ دیکھیے نہ کہ کیسے کیسے گنوار ہمارے وسیع شہروں میں بھیڑیا دھسان گھسے چلے آتے ہیں۔

خاتون: ہاں جناب۔ میں برابر دیکھتی ہوں۔

مرد: جب پیشہ کا احترام ختم ہوگیا تو بچوں کا احترام کہاں سے رہے گا اور بچہ تو آپ جانتی ہی ہیں کہ آدمی کا باپ ہوتا ہے۔

خاتون: بالکل درست۔

مرد: شاید بچہ بھی احترام حاصل کرنا بھول چکا ہے۔

خاتون: غالباً۔

مرد: پھر بھی ہمیں بچوں کا احترام کرنا چاہیے، کیوں کہ اگر بچے نہ ہوں گے تو انسانی نسل فنا ہو جائے گی۔

خاتون: میں بھی یہی سوچ رہی تھی۔

مرد: احترام کا خاتمہ ایک کے بعد دوسرے کا نمبر لاتا ہے اور آخر میں کسی چیز کا احترام، کوئی لحاظ باقی نہیں رہ جاتا۔ آدمی کو اپنی زبان کا پاس بھی نہیں رہتا۔

خاتون: یہ انجام بہت خطرناک ہے۔

مرد: یہ اور بھی افسوسناک ہے جب سوچیے کہ وعدہ مقدس چیز ہے، وعدۂ الٰہی کی طرح مضبوط، مستحکم۔ ہمیں اسے مذاق میں نہیں ٹالنا چاہیے۔

خاتون: مجھے آپ سے پورا اتفاق ہے۔ بالکل اسی وجہ سے میں نے پیش نظر رکھا ہے کہ میری لڑکی کی تعلیم معقول ہو اور وہ ایک باعزت پیشہ اختیار کرے تاکہ وہ اپنے پیروں پر کھڑی ہو سکے، عزت کی کمائی کھائے اور دوسروں کا احترام کرنا سیکھے۔

مرد: آپ بڑے ہوش مند ہیں۔ اب اس کے کیا مشاغل ہیں؟

خاتون: اس نے اپنی تعلیم مکمل کر لی ہے۔ میں ہمیشہ سے چاہتی تھی کہ وہ ٹائپسٹ بنے۔ حال ہی میں اس نے یہ ڈپلوما حاصل کیا ہے اور اب اسے ایسی فرم میں ملازمت مل گئی ہے جو جعل سازی کے دھندے کرتی ہے۔۔۔

مرد: وہ تو بڑی مسرور اور شادماں ہوگی۔

خاتون: مارے خوشی کے صبح سے شام تک ناچتی رہتی ہے۔ سوچیے اس منزل تک پہنچنے کے لیے بیچاری نے کتنے پاپڑ بیلے ہیں۔

مرد: اب تو اسے ان محنتوں کا ثمرہ مل گیا۔

خاتون: ہاں، اب میری ذمے داری یہی ہے کہ اس کے لیے ایک اچھا سا شوہر تلاش کر دوں۔

مرد: وہ تو بڑی اچھی لڑکی ہے۔

خاتون: (پہلو کی طرف دیکھ کر) لیجیے وہ بھی آ گئی۔ میں ابھی آپ سے ملاتی ہوں۔

(خاتون کی لڑکی داخل ہوتی ہے۔ وہ تقریباً تیس سال کا صحت مند مرد ہے جس کے بڑی بڑی سیاہ مونچھیں ہیں۔ فاختئی رنگ کا سوٹ پہنے ہوئے ہے۔)

لڑکی: آداب، پیاری ممی!

(اس کی آواز تیز مردانی ہے۔ وہ خاتون کو جھک کر پیار کرتی ہے۔)

مرد: محترمہ، یہ ہو بہو آپ کی تصویر ہے۔

خاتون: (لڑکی سے) آداب کرو آپ کو۔

لڑکی: (سر جھکا کر تعظیم کرتے ہوئے) آداب، جناب والا۔

مرد: آداب! (خاتون سے مخاطب ہو کر) بہت اچھی تربیت کی ہے آپ نے۔ کیا عمر ہو گی اس کی؟

خاتون: ترانوے (۹۳) سال۔

مرد: تو بالغ ہو چکی ہے نہ؟

خاتون: نہیں تو۔ اس میں اسّی (۸۰) سال تو ہمارے ہیں۔ اس لیے یہ تو تیرہ سال کی ہوئی۔

مرد: خیر یہ دن بھی دوسرے دنوں کی طرح جلد گزر جائیں گے۔ (لڑکی سے) اچھا تو تم ابھی نابالغ ہو؟

لڑکی: (بھاری زوردار آواز میں) جی ہاں، لیکن بھولیے نہیں، بہت سے نابالغ، بالغوں کے ہم بستر ہوتے ہیں۔

(مرد اور خاتون حیرت و دہشت میں کھڑے ہو جاتے ہیں اور سب ایک دوسرے کو تحیر اور خوف کے ملے جلے انداز میں دیکھتے ہیں۔ خاتون کے ہاتھ ایک دوسرے میں پیوست ہیں۔)

پردہ گرتا ہے۔

جولئین

ایملی زولا (فرانس)

ترجمہ: شاہد احمد دہلوی

فرانسیسی ناول نگار ایملی زولا (Emile Zola) ۲ اپریل ۱۸۴۰ء میں پیرس میں پیدا ہوئے۔ ان کے والد اطالوی اور والدہ فرانسیسی تھیں۔ زولا اپنے والدین کے اکلوتے بچے تھے۔ بچپن ہی میں والد کا سایہ ان کے سر سے اٹھ گیا۔ ایملی زولا نے اپنی تعلیم 'ایکس' میں پائی اور تعلیم سے فارغ ہو کر ۱۸۵۸ء میں پیرس واپس آگئے۔ ۱۸۶۴ء میں ان کی پہلی کتاب شائع ہوئی۔

زولا نے اپنی زندگی کا آغاز ایک کلرک کی حیثیت سے کیا لیکن جلد ہی انھیں یہ خیال پیدا ہوا کہ وہ اس کام کے لیے موزوں نہیں ہیں۔ اس کے بعد وہ ہمہ تن تخلیق ادب میں منہمک ہو گئے۔ اسی عرصہ میں زولا نقاد کی حیثیت سے بھی مشہور و مقبول ہوئے اور ان کے مضامین کے کئی مجموعے شائع ہوئے۔

زولا کی اصل شہرت کا آغاز 'L'Assommoir' (۱۸۷۷ء) سے ہوا اور اس ناول کے متعدد ایڈیشن شائع ہوئے۔ ان کا دوسرا مشہور ناول 'Nana' (۱۸۸۰ء) میں شائع ہوا اور ایک مشہور ناول 'Germinal' (۱۸۸۵ء) میں شائع ہوا۔

زولا کی زندگی کا اہم واقعہ 'Dreyfus Affair' ہے۔ زولا نے اس سلسلے میں بہت اہم رول انجام دیا۔ اس کا خیال تھا کہ اس سب معاملہ میں Dreyfus بالکل معصوم، بے گناہ اور بے قصور ہے اور صرف سازشوں کا شکار ہے۔ ۱۸۹۸ء میں اس نے ایک اخبار میں ایک خط لکھا اور ان سب کی بری طرح پول کھولی جو اس سازش میں شریک تھے۔ اس خط کی اشاعت سے زولا کا مقصد یہ تھا کہ اس پر ہتک عزت کا مقدمہ چلایا جائے تا کہ وہ سب باتیں عدالت میں کھل کر کہہ

سکے۔ اور ہوا بھی یہی کہ زولا پر مقدمہ چلا اور بات اتنی الجھی کہ آخر میں اسے سزا کا حکم سنایا گیا۔ اس نے حکم کے خلاف اپیل دائر کی لیکن پھر ہار گیا۔ اس کے بعد ورسیلیز میں مقدمہ شروع ہوا اور مقدمہ کے دوران ہی زولا چپ چپاتے انگلستان بھاگ گیا اور مختلف مقامات پر چھپا چھپا پھرتا رہا۔ ۱۸۹۹ء میں جب اسے معلوم ہوا کہ Dreyfus کے مقدمے پر نظر ثانی کی جا رہی ہے تو پھر وہ پیرس واپس آ گیا۔

ستمبر ۱۹۰۲ء کی ایک صبح جب زولا کا کمرہ کھولا گیا تو وہ اپنے بستر پر مردہ پایا گیا۔ مرنے کے بعد بڑی عزت و احترام کے ساتھ اسے دفنایا گیا۔ اناطول فرانس نے اس کی قبر پر ایک بہت مؤثر تقریر کی۔

زولا زندگی بھر 'اکیڈمی فرانس' کی رکنیت کے لیے کوشش کرتا رہا، لیکن ناکام رہا۔

زولا ناول نگاری کے اس دبستان کا سربراہ ہے جس نے 'حقیقت پسندی' کی بنیاد رکھی۔ زیر نظر کہانی زولا کی خوبصورت ترین کہانیوں میں سے ایک ہے۔

شاہد احمد دہلوی ۲۲ مئی ۱۹۰۶ء کو دہلی، برطانوی ہندوستان میں پیدا ہوئے۔ ان کا تعلق اردو کے ایک اہم ادبی و علمی خانوادے سے تھا۔ وہ ڈپٹی نذیر احمد کے پوتے اور مولوی بشیر الدین احمد کے فرزند تھے۔ جنوری ۱۹۳۰ء میں انھوں نے دہلی سے اردو کا ایک باوقار جریدہ 'ساقی' جاری کیا۔ ۱۹۳۶ء میں وہ ادب کی ترقی پسند تحریک میں شامل ہوئے اور اس کی دہلی شاخ کے سیکریٹری بن گئے۔ تقسیم ہند کے بعد شاہد احمد دہلوی نے کراچی منتقل ہو گئے، یہاں انھوں نے 'ساقی' کا دوبارہ اجرا کیا جس کا سلسلہ ان کی وفات تک جاری رہا۔ شاہد احمد دہلوی ۲۷ مئی ۱۹۶۷ء کو کراچی، پاکستان میں وفات پا گئے۔ وہ کراچی میں گلشن اقبال کے قبرستان میں آسودۂ خاک ہیں۔

پ۔۔۔ کا چھوٹا سا شہر ایک پہاڑی پر آباد ہے۔ پرانے شہر کی فصیل کے قریب ہی ایک گہرا اور سکڑا چشمہ بہتا ہے۔ اس کے کنارے ڈھلوان اور اونچے ہیں۔ چشمہ نغمہ طراز کہلاتا ہے، غالباً اس وجہ سے کہ اس کے شفاف پانی کے بہاؤ سے نغمہ پیدا ہوتا رہتا ہے۔ درسائی سے جب کوئی مسافر آتا ہے تو شہر کے جنوبی دروازے پر پہونچ کر ایک محراب دار سنگی پُل کے ذریعہ اس چشمے کو عبور کرتا ہے۔ پُل کے دونوں طرف چوڑا، نیچا اور سلامی دار جنگلا ہے۔ اس پر پاس پڑوس کے بڈھے ٹھڈے وقت گزاری کے لیے آ بیٹھتے ہیں۔ اس کی بالکل سیدھ میں شارع بوسلیل ہے جو ایک سنسان چوک تک چلی جاتی ہے۔ یہ فیمیز کا چوک کہلاتا ہے۔ اس کا فرش بڑے بڑے گول پتھروں کا بنا ہوا ہے، مگر ان پتھروں پر اتنی گھنی گھاس اُگ آئی ہے کہ چوک ایک سبزہ زار بن گیا ہے۔ یہاں کے گھر نیند میں ڈوبے ہوئے ہیں۔ کسی راہ چلتے کے تھکے ہوئے قدموں کی چاپ سن کر گھنٹہ آدھ گھنٹہ بعد کسی طویلے کے دروازے کے پیچھے سے کوئی کتا بھونک کر خاموش ہو جاتا ہے۔ اس سنسان مقام میں اگر زندگی پیدا ہوتی تھی تو صرف اس وقت جب فوجی افسروں کی ایک ٹولی روزانہ دو وقت شارع بوسلیل کے ایک اقامت خانہ میں کھانا

کھانے جاتی۔

چوک میں بائیں طرف ایک باغبان کے گھر میں جولیئین مشون رہتا تھا۔ مکان کی دوسری منزل میں اس نے ایک بڑا کمرہ کرایہ پر لے رکھا تھا۔ دوسری طرف مالک مکان رہتا تھا۔ اس کے سامنے شارع کیتھرین تھی جس میں اس کا باغ تھا۔ جولیئین کو بڑا سکون میسر تھا، کیوں کہ مکان میں آنے کا راستہ اور زینہ بالکل الگ تھا۔ اس کی عمر پچیس سال کی تھی۔ مزاج کا چڑچڑا تھا۔ نچلے درمیانہ طبقے کی منفی عادتوں والا یہ کنوارا نوجوان تنہائی کی زندگی گزار رہا تھا۔

چھوٹی سی عمر میں وہ ماں باپ کے سائے سے محروم ہوگیا تھا۔ منٹیز کے قریب الیوٹس میں اس کے باپ کی دکان تھی، جس میں چمڑے کا سامان بکتا تھا۔ جب باپ کا انتقال ہوگیا تو جولیئین کے ایک چچا نے اسے اسکول کے بورڈنگ میں بھیج دیا۔ پھر وہ چچا بھی نہ رہا اور پچھلے پانچ سال سے پ۔۔۔ کے ڈاک خانے میں جولیئین نقل نویسی کررہا تھا۔ اس کی تنخواہ پندرہ سوفرینک ماہوار تھی اور اس سے زیادہ کمانے کی اسے کوئی امید نہ تھی۔ بہرحال وہ اس میں سے بھی کچھ نہ کچھ پس انداز کرتا رہتا تھا اور اسے کبھی یہ خیال نہیں آیا کہ اس سے زیادہ خوش اور فراغت کی زندگی بھی کوئی شخص گزار سکتا ہے۔

جولیئین طویل قامت اور قوی الجثہ تھا اور اس کے بڑے بڑے ہاتھ اس کے لیے پریشانی کا سبب بنے رہتے۔ وہ محسوس کرتا تھا کہ وہ بدقوارہ ہے، اس کا چوکور سر ایسا لگتا تھا جیسے کسی غیر محتاط بت تراش نے اسے گھڑ کے ادھورا چھوڑ دیا ہو۔ اس احساس سے وہ جھینپ جاتا، خصوصاً جب وہ اپنے آپ کو نوعمر خواتین کے ساتھ پاتا۔ ایک دن ایک دھوبن نے اس سے ہنس کر کہا تھا کہ ''تم اتنے بدشکل تو نہیں ہو، جتنا اپنے آپ کو سمجھتے ہو۔'' دھوبن کی یہ بات سن کر وہ گھبرا گیا تھا۔ بازار میں سے جب وہ گزرتا تو اپنے ہاتھ ڈھیلے چھوڑ دیتا، اپنی کمر جھکا لیتا اور سر لٹکائے لمبے ڈگ بھرتا یوں نکلا چلا جاتا جیسے اندھیروں میں پھر گم ہوجانا چاہتا ہو۔ اپنے بے ڈول پنے کی وجہ سے اس کی یہ خواہش راسخ ہوگئی تھی کہ وہ کسی کی نظر پر نہ چڑھے اور گمنامی میں زندگی گزار دے۔ وہ اسی نہج پر زندگی بسر کرنے پر قانع ہوگیا تھا۔ وہ نہیں چاہتا تھا کہ اس کا کوئی دوست ہو یا کوئی محبوبہ ہو، بس کوٹھری میں بندراہب کی سی زندگی گزار دینی چاہتا تھا۔

اس پر بھی اس کی زندگی اس کے لیے وبال دوش نہیں تھی۔ جولیئین دل میں بہت خوش تھا۔ اس کی روح پُرسکون اور شفاف تھی۔ مقررہ اصولوں کے تحت اس کی روزمرہ کی زندگی بالکل مطمئن تھی۔ روزانہ صبح کو وہ دفتر جاتا اور جہاں ایک دن پہلے اس نے کام چھوڑا ہوتا، وہیں سے شروع کردیتا۔ پھر وہ دوپہر کو کھانا کھاتا۔ کھانے میں صرف ایک لپٹا ہوا ٹکڑا ہوتا۔ اس سے فارغ ہوکر نقل کرنے پر پھر جٹ جاتا۔ اس کے بعد رات کو کھانا کھاتا اور سوجاتا۔ صبح کو سورج نکلتا تو ایسا ہی ایک دن پھر اس کے لیے شروع ہوجاتا، اور یہی صورت ہفتوں اور مہینوں رہتی۔ دنوں کے اس سست رو جلوس کے جلو میں اسے ایک ایسی دلکش موسیقی سنائی دیتی جو اس پر غنودگی طاری کردیتی، وہ غنودگی جو دن بھر ہل میں جتے رہنے کے بعد تازی گھاس میں شام کے وقت جگالی کرتے ہوئے پتلیوں پر چھا جاتی

ہے۔ کبھی کبھی اسے اس میں بھی لطف آتا تھا کہ رات کے کھانے کے بعد شارع بوسلیل میں سے گزر کر پُل پر جا بیٹھے۔ نو بجے تک چشمے پر ٹانگیں لٹکائے بیٹھا رہتا، اور نغمہ طراز چشمے کی مسلسل روانی میں سیمکوں موسیقی سنتا رہتا۔ دونوں کناروں پر بید مجنوں زرد چہرے جھکائے اپنے پورے پورے عکس دیکھتے رہتے اور آسمان پر سے ستاروں کی ملگجی روشنی نیچے اتر کر چشمے میں گھلتی رہتی۔ جولئین یہاں کامل سکون میں گھرا ہوا دنیا سے بے خبر بیٹھا رہتا اور کھویا کھویا سا سوچتا رہتا کہ نغمہ طراز چشمہ بھی میری ہی طرح خوش ہوگا کہ اسے سارا دن انھی پتھروں پر سے گزرنا پڑتا ہے اور اسی پُرمسرت خاموشی میں لپٹا رہنا ہوتا ہے۔ جب آسمان پر تارے چھا جاتے تو شام کی خنک تازگی سے فرحت لیے وہ اپنے گھر لوٹتا اور پڑ کر سو رہتا۔

اس کی دل بستگی کے اور سامان بھی تھے۔ ہفتہ وار چھٹی یا آدھے دن کی چھٹی میں وہ اکیلا سیر کرنے نکل کھڑا ہوتا۔ خوشی خوشی میلوں گھومتا اور واپس آتا تو تھک کر چور ہو جاتا۔ اس نے ایک گونگے بہرے مہرکن سے دوستی بھی کر رکھی تھی۔ پوری پوری شام دونوں ہاتھ میں ہاتھ ڈالے ٹھنڈی سڑک پر ٹہلتے رہتے مگر آپس میں ایک اشارہ تک نہ کرتے۔ کبھی ایسا ہوتا کہ کسی چائے خانے میں پیچھے کی طرف بیٹھے شطرنج کھیلتے رہتے اور بے حس و حرکت بیٹھے چالیں سوچتے رہتے۔ جولئین کے پاس کبھی ایک کتا بھی تھا جو کسی گاڑی کے نیچے آ کر مر گیا۔ اس نے اس تقدس سے مرنے والے کی یاد کو تازہ رکھا کہ اس کے بعد اور کسی جانور کو پالنے سے انکار کر دیا۔ پوسٹ آفس میں اس کے ساتھ کام کرنے والے اسے ایک چیتھڑے سے لگی دس سال کی ننگ پیری لڑکی کے سلسلے میں چھیڑا کرتے تھے۔ یہ لڑکی بازاروں میں دیا سلائی کی ڈبیاں بیچا کرتی تھی۔ جولئین اسے پیسے دے دیا کرتا تھا مگر ڈبیاں اس سے نہ لیتا تھا۔ دفتر والے اسے چھیڑتے تھے۔ اس لیے اب وہ ایسے موقع کی تلاش میں رہتا تھا کہ اس وقت لڑکی کو پیسے دے جب کوئی دیکھ نہ رہا ہو۔ یہ کبھی نہیں دیکھا گیا کہ وہ کسی شام کو پرانی فصیل کے پاس کسی لڑکی کے ساتھ ٹہل رہا ہو۔ کارخانوں میں کام کرنے والی لڑکیاں بھی، جو بڑی ڈھیٹ تھیں، اب اس سے مذاق نہیں کرتی تھیں، کیوں کہ وہ ان کے کھلکھلا کر متوجہ کرنے کو اپنی ہنسی اڑانا سمجھتا اور مارے گھبراہٹ کے اس کی زبان نکل جاتی۔ شہر کے بعض لوگ اسے احمق سمجھتے۔ بعض کہتے کہ اس قسم کے نوجوان جو تنہا رہتے ہیں، ان پر بھروسا نہیں کرنا چاہیے۔

جولئین کی جنت وہ جگہ تھی، جہاں وہ آزادی سے سانس لیتا تھا یعنی خود اس کا کمرہ۔ صرف اس کمرے ہی میں وہ اپنے آپ کو دنیا جھمیلوں سے محفوظ سمجھتا تھا۔ گھر واپس آتے ہی وہ اپنی کمر سیدھی کرتا اور آپ ہی آپ ہنستا اور جب آئینہ میں اسے اپنا عکس نظر آ جاتا تو اسے یہ دیکھ کر تعجب ہوتا کہ وہ ابھی تک اس قدر کم عمر ہے۔ یہ کمرہ بہت بڑا تھا۔ اس کے آرائشی سامان میں ایک بڑا سا صوفہ تھا، ایک گول میز، دو معمولی کرسیاں اور ایک آرام کرسی۔ لیکن پھر بھی اتنی جگہ باقی رہ گئی تھی کہ اپنی ٹانگیں پھیلا لے۔ پلنگ ایک گوشے میں تھا۔ اخروٹ کی لکڑی کی ایک درازوں والی چھوٹی الماری دونوں کھڑکیوں کے بیچ میں رکھی ہوئی کھلونا سی معلوم ہوتی تھی۔ جولئین کمرے میں ٹہلتا رہتا یا پلنگ پر دراز ہو جاتا۔ وہ اپنے آپ سے کبھی نہ اکتاتا تھا۔ دفتر کے باہر وہ لکھنے کا کام نہیں کرتا تھا، اور پڑھنے سے اسے تھکن ہو جاتی تھی۔ جس اقامت خانہ میں وہ کھانا کھاتا تھا، اس کی نگراں بڑی بی اس کے تصورات بدلنے

کے لیے بہ اصرار اسے ناول پڑھنے کے لیے دیتیں۔ مگر ان کے مطالعہ سے اس میں کوئی تبدیلی نہ ہوتی اور وہ ناول واپس کر جاتا۔ ناولوں کے پیچیدہ پلاٹ اس کی سمجھ ہی میں نہ آتے تھے۔ وہ تھوڑی سی مصوری بھی کر لیتا تھا مگر عورت کا ہمیشہ ایک ہی سا یک طرفہ چہرہ بنتا۔ درشتی لیے ہوئے، بیچ کی مانگ نکلی ہوئی اور جوڑے پر موتیوں کی ایک لڑی لپٹی ہوئی۔ اسے صرف ایک لگن تھی، اور یہ لگن تھی موسیقی کی۔ ساری ساری شام وہ بانسری بجاتا رہتا۔ یہی اس کی خاص تفریح تھی۔

بانسری اس نے خود بجانی سیکھی تھی۔ دنوں اسے اس کی شدید آرزو رہی کہ پیلی لکڑی کی بنی ہوئی وہ بانسری خریدے جو بازار میں ایک کباڑی کی دکان پر رکھی ہوئی تھی۔ اس کے پاس خریدنے کے لیے پیسے تھے مگر اس اندیشہ سے وہ اسے خریدنے نہیں جا سکا کہ لوگ دیکھیں گے تو اس کی ہنسی اڑائیں گے۔ آخر ایک شام ایسی آئی کہ اس نے محبت کر کے اسے خرید لیا اور اپنے کوٹ کے نیچے اسے اپنے سینے سے لگائے بھاگتا ہوا گھر آ گیا۔ اس کے بعد اس نے دو سال لگائے دروازے اور کھڑکیاں بند کر کے بہت ہلکے ہلکے اسے بجاتا رہا تا کہ کوئی اس کی آواز نہ سن لے۔ پرانی کتابیں بیچنے والے کے ہاں سے اسے ایک موسیقی کی کتاب مل گئی تھی۔ اسی کو پڑھ پڑھ کر سیکھتا رہا۔ پچھلے چھ مہینے ہی سے اس میں اتنی ہمت پیدا ہوئی تھی کہ دروازے اور کھڑکیاں کھول کر بانسری بجائے۔ وہ صرف پرانی اور سست رفتار کی دُھنیں؛ اٹھارھویں صدی کے محبت کے گانے بجانے لگا تھا۔ جب وہ جذبات سے مغلوب ہو کر، ٹھہر ٹھہر کر ان دُھنوں کا بجاتا تو وہ اور بھی مؤثر معلوم ہوتیں۔ گرمیوں کی راتوں میں جب پڑوس سو جاتا، اور صرف ایک موم بتی سے روشن بڑے سے کمرے میں سے بانسری کی ملائم آواز نکل کر فضا میں پھیلتی تو یہ معلوم ہوتا کہ ایک دھیمی، لرزتی، محبت کی چوٹ کھائی ہوئی آواز ہے جو خاموشی اور رات سے ان رازوں کی سرگوشیاں کر رہی ہے جنھیں دن کی روشنی میں منھ سے ہرگز نکالا نہیں جا سکتا۔

دُھنیں چونکہ یاد ہو گئی تھیں، اس لیے جولئین جزرسی کے خیال سے اکثر موم بتی بجھا دیا کرتا تھا۔ اندھیرا اسے کچھ زیادہ ہی پسند بھی تھا۔ وہ کھڑکی کے پاس بیٹھا بانسری بجاتا رہتا اور آسمان کو تکتا رہتا۔ راہ چلتے لوگ سر اٹھا کر دیکھتے کہ آواز کہاں سے آ رہی ہے۔ آواز نازک اور شیریں تھی، جیسے دور سے بلبل کی چہکار سنائی دے رہی ہو۔ پرانی زرد بانسری ذرا سی چٹخی ہوئی تھی۔ اس نے اس کے سُر کسی قدر مدھم تھے۔ یہ اٹھارویں صدی کی ایک نواب زادی کی دلکش آواز تھی جو اب بھی ان سُروں کو عمدگی سے پیش کر رہی تھی جنھیں اس نے اپنی جوانی میں سیکھا تھا۔ ایک ایک کر کے سُر بانسری میں سے نکلتے اور ان کے پر مارنے کی نازک آواز فضا میں پھیلتی جاتی۔ ایسا معلوم ہوتا کہ نغمہ خود اندھیرے سے پھوٹ رہا ہے اور رات کے سناٹے سے ہم آہنگ ہو رہا ہے۔

جولئین ڈرتا تھا کہ کہیں پڑوسی شکایت نہ کریں، لیکن چھوٹی بستیوں کے لوگ گہری نیند سوتے ہیں۔ پھر اس چوک میں پڑوسی ہی کتنے تھے؟ سیورنن ایک وکیل، اور انسپکٹر پیڈرو، پولیس کے سابق ملازم۔ یہ مناسب پڑوسی تھے، کیوں کہ نو بجے تک وہ ہمیشہ سو جاتے تھے۔ جولئین کو زیادہ اندیشہ ان لوگوں کی طرف سے تھا جو سامنے رہتے تھے، چوک کے اُس طرف۔ یہ مارسینیوں کا ایک نوابی خاندان تھا جن کا گھر راہب خانہ کی طرح غمناک تاریک

اور ڈراؤنا دکھائی دیتا تھا۔ ڈیوڑھی کی پانچ سیڑھیاں تھیں جن پر گھاس اُگی ہوئی تھی۔ سیڑھیوں کے بعد ایک محراب دار دروازہ تھا جس میں بڑی بڑی کج کیلیں جڑی ہوئی تھیں۔ اس کی صرف ایک منزل تھی جس میں دس کھڑکیاں تھیں۔ یہ کھڑکیاں ایک ہی وقت میں کھولی اور بند کی جاتی تھیں۔ کھڑکیوں کے کھلنے پر بھی یہ نہیں معلوم کیا جاسکتا تھا کہ کمروں کے اندر کیا ہے، کیوں کہ دبیز پردے ہمیشہ پڑے رہتے تھے۔ بائیں طرف باغ میں ایک چسٹ نٹ کا بڑا درخت تھا، جس کے گھنے پتوں کی شاخیں پرانی فصیل تک پھیلی ہوئی تھیں۔ عظیم الشان مکان، اس کے پائیں باغ، اس کی بلند دیواریں، اور اس کے شاہانہ وقار نے جولئین کو یقین دلا دیا تھا کہ اگر مارسینیوں نے اس کی بانسری کی آواز کو ناپسند کیا تو ان کا ایک لفظ ہی اس کی نے نوازی کو ختم کر دے گا۔

جب جولئین کھڑکی سے باہر جھک کر دیکھتا تو میدان اور عمارتیں اسے اس قدر وسیع دکھائی دیتیں کہ وہ جذبۂ تقدس سے مرعوب ہو جاتا۔ کلاں محل ساری بستی میں مشہور تھا، اور کہا جاتا تھا کہ دور دور سے لوگ اسے دیکھنے آتے تھے۔ مارسینیوں کی دولت کے متعلق بھی عجیب عجیب کہانیاں مشہور تھیں۔ عرصۂ دراز سے جولئین اس قدیم محل کی ٹوہ میں لگا ہوا تھا، اور اس کے بھید، اس کی دولت اور اس کے اقتدار کا پتہ چلانا چاہتا تھا۔ اس نے گھنٹوں نگرانی کی تھی لیکن سوائے کالی اونچی دیواروں اور چسٹ نٹ کے گھنے درختوں کے اسے اور کچھ نظر نہیں آتا تھا۔ ڈیوڑھی کی پانچ پرانی سیڑھیوں پر کوئی نہیں چڑھا تھا اور کائی لگا قدیم دروازہ کبھی نہیں کھلا تھا۔ گھر میں داخل ہونے کے اس راستے کو مارسینی کام میں نہیں لاتے تھے۔ ان کا آنا جانا لوہے کے ایک اور پھاٹک سے ہوتا تھا جو شارع سنت اینی میں کھلتا تھا۔ ایک اور چھوٹا دروازہ بھی تھا جو جولئین کو دکھائی نہیں دیتا تھا۔ یہ دروازہ، اس میدان کی طرف کھلتا تھا جو تنگ گلی کے سرے پر فصیل کے پاس تھا۔ جہاں تک جولئین کا تعلق تھا، کلاں محل مردہ تھا، جیسے پریوں کی کسی کہانی کا محل ہو جسے روحوں نے اپنا مسکن بنا لیا ہو۔ اسے صرف ان ملازموں کے ہاتھ دکھائی دے جاتے جو صبح و شام کھڑکیاں کھولتے بند کرتے تھے۔ باقی سارے وقت مکان ویسا ہی پُرعظمت اور اندوہناک دکھائی دیتا تھا جیسے کوئی مقبرۂ قبرستان کے سناٹے میں تنہا کھڑا کچھ سوچ رہا ہو۔ چسٹ نٹ کے درخت اس قدر گھنے تھے کہ ان کی شاخوں نے باغ کی روشوں کو نظروں سے پوشیدہ کر رکھا تھا۔ اس خاموش اور پُرتمکنت وجود نے جو دنیا سے یکسر الگ ہو گیا تھا، جولئین کے تحیر کو اور بھی بڑھا دیا تھا۔ کیا دولت کا نتیجہ یہی ہو سکتا تھا کہ ایک پُرسکون خوف کی فضا پیدا کر دے، وہ فضا جو کسی بڑے سے خالی کلیسا میں چھائی رہتی ہے؟

اکثر ایسا ہوتا کہ سونے سے پہلے جولئین اپنی موم بتی بجھا دیتا اور اپنی کھڑکی میں سے اس امید پر گھنٹوں جھانکتا رہتا کہ کسی طرح مارسینیز محل کے راز اس پر کھل جائیں۔ رات کے وقت یہ محل آسمان کے پس منظر پر ایک بڑا سا سیاہ دھبہ بن جاتا اور چسٹ نٹ کے درخت سیاہی کے تالاب کی شکل اختیار کر لیتے۔ محل کے اندر پردے بڑی احتیاط سے چھوڑ دیے جاتے ہوں گے کیوں کہ کھڑکیوں کے جنگلوں میں سے روشنی کی ایک کرن بھی نکلتی نظر نہ آتی تھی۔ محل خود دم سادھے کھڑا رہتا اور یہ نہیں معلوم ہوتا تھا کہ آباد مکان کی طرح سوئے ہوئے مکینوں کی سانسوں کے ساتھ سانس لے رہا ہے۔ اندھیرے میں اس کا وجود ختم ہو جاتا تھا۔ یہ وہ وقت ہوتا جب ہمت کر کے جولئین

اپنی بانسری اٹھاتا۔ وہ بے خوف ہو کر بجاتا۔ ننھے ننھے سُر ہلکی ہلکی موجوں کی طرح پھیلتے اور خالی محل سے ٹکرا کر ان کی دھیمی دھیمی گونج سنائی دیتی۔ بعض نڈھال زیر و بم باغ کی تاریکی میں گم ہو جاتے۔ باغ میں کسی پرندے کے پر بھی پھڑ پھڑا کر سناٹے کو نہیں توڑتے تھے۔ ایسا معلوم ہوتا تھا کہ جیسے زرد بانسری حسن خوابیدہ کے محل کے سامنے اپنے انوکھے نغمے بکھیر رہی ہے۔

اتوار کو گرجے کے باہر، جولئین کے ساتھ ڈاک خانے میں کام کرنے والے ایک دوست نے اشارے سے ایک لمبے قد والے معمر مرد اور عورت کو دکھایا اور بتایا کہ یہ مارسینی ہیں۔ یہ لوگ اس قدر کم باہر نکلتے تھے کہ جولئین نے انھیں پہلے کبھی نہیں دیکھا تھا۔ انھیں دیکھ کر جولئین بہت متاثر ہوا۔ وہ بڑے عجیب اور لیے دیے تھے۔ بڑے وقار سے چلتے اور جب لوگ جھک جھک کر ان کی تعظیم کرتے تو یہ صرف سر کی خفیف سی جنبش انھیں جواب دیتے۔ جولئین کے ساتھی نے یہ بھی بتایا کہ ان کی ایک بیٹی بھی ہے جس کا نام تھیرسی مارسینی ہے۔ یہ لڑکی ابھی کانونٹ بورڈنگ اسکول میں ہے اور پستہ قد کولمبل جو وکیل مسیو رنن کا منشی ہے، اس لڑکی کا دودھ شریک بھائی ہے۔ اب یہ ہوا کہ جب یہ بوڑھا جوڑا شارع سنت اینی پر مڑنے لگا تو کولمبل کہیں سے نکل کر ان کے پاس جا پہنچا۔ نواب نے اپنا ہاتھ اس کی طرف بڑھا دیا۔ یہ سرفرازی سوائے کولمبل کے کسی اور کو حاصل نہیں ہوئی۔ جولئین کو اس واقعہ سے تکلیف پہونچی، کیوں کہ کولمبل جس کی عمر بیس سال تھی اور جس کی آنکھیں بڑی چالاک معلوم ہوتی تھیں، ایک عرصے سے اس کا دشمن تھا۔ کولمبل اس کے چھپنے کا مذاق اڑاتا تھا اور شارع بوسلیل میں دھوبن کو اس کے پیچھے اسی نے لگا یا تھا۔ کولمبل سے جب اس کا جھگڑا ہوا تو فصیل کے قریب نوبت مار پیٹ تک پہونچی، اور وکیل کے منشی کی دونوں آنکھوں کے قریب نیل پڑ گئے تھے۔ تھریسی اور کولمبل کی تفصیل معلوم ہو جانے کے بعد اس رات کو جولئین نے اپنی بانسری اور بھی دھیمے سروں میں بجائی۔

مارسینیوں کے محل نے اگرچہ اسے پریشان کر رکھا تھا، پھر بھی اس کی عادتوں میں کوئی فرق نہیں آیا تھا۔ گھڑی کے پُرزوں کی طرح اس کی عادتیں برابر چلی جا رہی تھیں۔ وہ دفتر جاتا، دن کا کھانا کھاتا، رات کا کھانا کھاتا، اور چہل قدمی کرتا ہوا حسب معمول نغمہ طراز چشمے تک جاتا۔ کلاں محل اپنے پُرعظمت سکون کے ساتھ اس کی روزمرہ کی زندگی میں اپنی جگہ بنا چکا تھا۔ دو سال گزر گئے۔ جولئین گھاس کی ڈھکی ہوئی سیڑھیوں، بدرنگ دیواروں اور کالی کھڑکیوں کو دیکھنے کا اس قدر عادی ہو گیا تھا کہ اب سمجھ بیٹھا تھا کہ یہ سدا ایک سی رہیں گی اور سوئے ہوئے پڑوس کا ایک لازمی جز بن گئی ہیں۔

جولئین اس چوک فیمیز میں پانچ سال سے کرایہ کے مکان میں رہتا تھا۔ جولائی کی ایک شام کو ایک واقعہ ایسا ہوا جس نے اس کی پوری زندگی کو درہم برہم کر دیا۔ رات خوب گرم تھی اور آسمان پر تارے چھٹکے ہوئے تھے۔ وہ اندھیرے میں بیٹھا بانسری بجا رہا تھا اور اپنی دُھن میں مست تھا۔ نغمے کی لے نہایت سست تھی اور بعض سُروں پر وہ اونگھ بھی جاتا تھا۔ اچانک سامنے والے مارسینیوں کے گھر کی کھڑکی زور سے کھلی اور تاریک دیوار میں ایک روشن پیوند لگا دکھائی دینے لگا۔ پھر ایک لڑکی کھڑکی کے داسے پر جھکی ہوئی دکھائی دی۔ اس کا چھریرا جسم پس

منظر کی روشنی پر ابھر آیا تھا۔ اس نے اپنا سر اونچا کیا، جیسے وہ کچھ سن رہی ہو۔ جولئین کے بدن میں ایک کپکپی دوڑی اور اس نے بانسری بند کردی۔ اسے لڑکی کا چہرہ دکھائی نہیں دے رہا تھا، صرف اس کے گھنے کالے بال شانوں پر پھیلے ہوئے دیکھ رہا تھا۔

ایک ہلکی موج در موج آواز خاموشی سے اس تک پہونچی، ''تم نے آواز سنی، فرانکوئی۔ موسیقی جیسی آواز تھی۔''

کمرے کے اندر سے ایک کرخت آواز نے جواب دیا، ''کوئی بلبل ہوگا، بی بی۔ کھڑکی بند کردو ورنہ کیڑے اور مچھر اندر آجائیں گے۔''

جب سامنے کی دیوار پر پھر اندھیرا چھا گیا تو جولئین اپنی کرسی سے اٹھ نہ سکا۔ اس کی آنکھیں اس تیز روشنی سے چندھیا گئی تھیں جو کھڑکی میں سے پھوٹ پڑی تھی ورنہ اب تک تو وہاں بے جان اندھیرا ہی چھایا رہتا تھا۔ اور وہ اب بھی کانپ رہا تھا اور حیران ہو کر سوچ رہا تھا کہ گریز پا نظارے پر خوش ہو یا نہ ہو۔ پھر ایک گھنٹہ بعد اس نے ہلکے ہلکے سروں میں بانسری بجانی شروع کردی۔ وہ یہ سوچ کر مسکرانے لگا کہ لڑکی یہ سمجھ رہی ہوگی کہ چسٹ نٹ کے درختوں میں کوئی بلبل چہک رہا ہے۔

۲

اگلے دن صبح کو ڈاک خانہ میں یہ خبر گرم تھی کہ تھریسی مارسینی کانونٹ اسکول سے اپنے گھر واپس آگئی ہے۔ جولئین نے اس کا کوئی تذکرہ نہیں کیا کہ وہ اسے اپنے مرمریں گردن پر بال پھیلائے دیکھ چکا ہے۔ وہ بڑا بے چین تھا۔ اسے تھریسی سے عداوت کا ایک ناقابل بیان احساس ہو رہا تھا کہ اب وہ اس کی عادتوں کو الٹ کر رکھ دے گی۔ یقیناً وہ اس بات سے پریشان ہوتا رہے گا کہ اس کی کھڑکی اب کھلی کہ اب کھلی۔ اب وہ تنہائی سے لطف اندوز نہیں ہو سکے گا۔ اگر عورت کے بدلے کوئی مرد ہوتا تو وہ اتنا پریشان نہ ہوتا کیوں کہ عورتیں احمق بنانے کی زیادہ دلدادہ ہوتی ہیں۔ اب بھلا اس میں اتنی ہمت کہاں سے آئے گی کہ اپنی بانسری بجائے؟ ایک ادنیٰ درجے کی بانسری بجانے والا کسی ایسی نوعمر خاتون کے سنتے ہوئے کیسے بانسری بجا سکتا ہے جس نے باقاعدہ موسیقی سیکھی ہو؟ چنانچہ شام ہوتے ہوتے دن بھر اس مسئلہ پر غور کرنے کے بعد اسے یقین ہو گیا کہ اسے تھریسی سے نفرت ہوگئی ہے۔

جولئین اپنے گھر میں چپکے سے داخل ہوا۔ اس نے اپنی موم بتی نہیں جلائی تاکہ وہ اسے دیکھ نہ لے۔ اس کا ارادہ تھا کہ فوراً بستر پر دراز ہو جائے تاکہ یہ ثابت ہو جائے کہ وہ کس قدر پریشان ہے مگر وہ اس خواہش کو نہ دبا سکا کہ دیکھے سامنے کیا ہو رہا ہے۔ کھڑکی نہیں کھلی۔ کوئی دس بجے صرف کھڑکی کی درازوں میں سے روشنی کی ایک جھلک دکھائی دی اور پھر اندھیری کھڑکی کو تکتا رہ گیا۔ اس کے بعد روزانہ رات کو سامنے والے محل کو چھپ کر دیکھنا اس کا مشغلہ ہو گیا۔ پہلے کی طرح وہ بڑی احتیاط سے ان خفیف سانسوں کو جانچتا رہا جو پرانے گونگے

پتھروں کو زندگی بخشتے تھے۔ کوئی چیز بدلی ہوئی دکھائی نہیں دیتی تھی۔ محل پہلے کی طرح سوتا رہا۔ نئی زندگی کی علامتوں کو جانچنے کے لیے تجربہ کار آنکھوں اور کانوں کی ضرورت تھی۔ کبھی کبھی ایک ہلکی سی روشنی کھڑکیوں کے قریب سے گزر جاتی۔ کبھی کوئی پردہ ذرا سا ہٹ جاتا اور کسی بڑے سارے کمرے کی ایک جھلک دکھائی دے جاتی۔ بعض اوقات باغ میں سے کسی سبک خرامی کی آواز آ جاتی، یا ایسا معلوم ہوتا جیسے دور کسی کے گانے کے ساتھ پیانو ہلکے ہلکے بج رہا ہے، یا آوازیں ناقابل فہم ہوتیں یا ایک لرزش خفی یہ ظاہر کرتی کہ پرانے محل میں جوان خون گردش کر رہا ہے۔ جولئین اس ٹوہ کی توضیح یہ کہہ کر کرتا کہ اس کی تمام تر ذمہ دار اس کی پریشان دماغی ہے۔ اسے وہ دن یاد کر کے تاسف ہوتا جب خالی محل سے ٹکرا کر اس کی گونگی گونج لوٹ آیا کرتی تھی۔

ہر چند کہ وہ اسے تسلیم نہیں کرتا تھا لیکن اس کی یہ ایک بڑی آرزو تھی کہ تھریسی کو دوبارہ دیکھ لے۔ اس کے تصور میں تھریسی کے رخسار گلابی تھے، لبوں پر تمسخر تھا اور آنکھوں میں چمک۔ لیکن اس میں اتنی ہمت نہیں تھی کہ دن کے وقت اپنی کھڑکی میں جا کھڑا ہو، اس لیے اس نے تھریسی کو صرف رات ہو جانے کے بعد دیکھا تھا۔ رات کے اندھیرے میں وہ اس کا صرف ہیولیٰ دیکھ سکا تھا۔ ایک دن صبح کو جب وہ دھوپ سے بچنے کے لیے اپنی کھڑکی کا ایک پٹ بھیڑ رہا تھا، اس نے دیکھا کہ تھریسی اپنے کمرے کے وسط میں کھڑی ہوئی ہے۔ ایسا لگتا تھا کہ وہ وہاں کھڑی کچھ سوچ رہی ہے۔ وہ بلند قامت تھی اور اس کا چہرہ زرد تھا۔ اس کا ناک نقشہ موزوں اور حسین تھا۔ اسے دیکھ کر جولئین خائف ہونے لگا۔ اس کے تصور میں جو خوش خُو حسینہ تھی، یہ اس سے بالکل مختلف تھی۔ جولئین کو جس بات نے خائف کیا، وہ اس کا کس قدر بڑا دہن تھا، اس کے لب تیز سرخ رنگ کے تھے، اور اس کی سیاہ آنکھیں گہری اور مسکراہٹ سے عاری تھیں۔ ان کے باعث وہ کوئی بے رحم ملکہ دکھائی دیتی تھی۔ آہستہ آہستہ وہ کھڑکی کے قریب آئی مگر اس نے جولئین کی طرف نہیں دیکھا۔ وہ شاید بہت دور تھا، بہت سی اور باتوں کی موجودگی میں شاید وہ ناقابل توجہ تھا۔ وہ پلٹ کر جب چلی تو اس کی گردن میں اتنے حسین، اتنے قوی اور اتنے ہم آہنگ خم پیدا ہوئے کہ باوجود اپنے کشادہ شانوں کے جولئین نے اپنے آپ کو اس کے مقابلے میں بچہ محسوس کیا۔ اب جو اس نے تھریسی کو دیکھ لیا تھا تو اس سے اور بھی زیادہ خائف ہو گیا تھا۔

اس کے بعد جولئین کی زندگی بھی اجیرن ہو گئی۔ امیر، سنجیدہ، حسین نوجوان خاتون نے جو اس کے اس قدر قریب رہتی تھی، اس کا حوصلہ پست کر دیا تھا۔ اس نے کبھی آنکھ بھر کر جولئین کی طرف نہیں دیکھا۔ اسے جولئین کے وجود تک کی خبر نہیں تھی۔ لیکن اس پر بھی اس کی یہ کیفیت تھی کہ اس خیال کے آتے ہی کہ وہ دیکھ لے گی تو اسے مضحکہ خیز سمجھے گی، وہ اپنا دل ڈوبتا محسوس کرتا۔ اپنی جھینپنے کی عادت سے وہ سوچنے لگا کہ تھریسی اس کی ایک ایک حرکت کو دیکھ رہی ہے تاکہ اس کا مذاق اڑائے۔ وہ چپکے سے اپنے گھر میں داخل ہو جاتا اور بڑی احتیاط برتتا کہ اپنے کمرے میں چلے پھرے نہیں۔ پھر جب ایک آدھ مہینہ گزر گیا تو اسے اذیت ہونے لگی کہ وہ اس کی طرف توجہ نہیں کرتی۔ وہ اس کی طرف آخر کیوں نہیں دیکھتی؟ وہ کھڑکی کے قریب آتی، اپنی سیاہ آنکھوں سے اجاڑ چوک کو دیکھتی رہتی، اور واپس چلی جاتی اور اسے خیال تک نہ آتا کہ سامنے کوئی سراپا تمنا بنا کھڑا ہے۔ جس طرح اس خیال

سے وہ لرز جاتا تھا کہ کہیں وہ اسے دیکھ نہ لے، بالکل اسی طرح اب وہ اس خیال سے لرز جاتا کہ کاش اس کی نظریں اپنے اوپر جمی محسوس کرے۔ اس کی زندگی کی ہر ساعت پر تھریسی چھا گئی تھی۔

صبح کو جب تھریسی کے بیدار ہونے کا وقت ہوتا تو جولئین جو ہمیشہ وقت کا بڑا پابند رہا تھا، اپنے تمام کام بھول جاتا۔ اسے اب بھی اس کے سفید چہرے اور سرخ لبوں سے ڈر لگتا تھا مگر یہ ڈر اس کے لیے بڑا لطف انگیز تھا، اسے ڈرنے میں مزہ آنے لگا تھا۔ پردے کے پیچھے چھپ کر وہ اس خوف کو اپنی رگوں میں سما لینا چاہتا تھا، یہاں تک کہ اسے تکلیف ہونے لگتی اور اس کی ٹانگیں اس بری طرح کانپنے لگتیں جیسے کوئی بڑا لمبا پیدل سفر طے کیا ہو۔ وہ خواب دیکھتا کہ جیسے تھریسی نے یکایک اسے دیکھ لیا اور دیکھ کر مسکرا رہی ہے، اور اس کا سارا خوف جاتا رہا ہے۔

پھر اسے خیال آیا کہ اسے اپنی بانسری کے ذریعے پرچانا چاہیے۔ گرم شاموں کو اس نے پھر اپنی بانسری بجانی شروع کر دی۔ وہ اپنی دونوں کھڑکیاں کھول دیتا اور اندھیرے میں اپنی پرانی سے پرانی دھنیں بجاتا، چراگاہوں کی دھنیں جو اتنی دلکش اور معصوم تھیں جتنا ننھی بچیوں کا گھیرا بنا کر ناچنا۔ بعض دفعہ اس کے سُر کمپن ہوتے اور دیر تک کھنچتے اور سیدھی سادی لے میں ایک دوسرے کا تعاقب کرتے، جیسے محبت کی ماری خواتین اپنے دامن پھیلائے یکے بعد دیگرے گزری چلی جا رہی ہوں۔ وہ بانسری بجانے کے لیے ایسی راتیں پسند کرتا جن میں چاند نہ ہو۔ چوک میں اندھیرا چھایا رہتا اور یہ معلوم کرنا مشکل ہوتا کہ اس دھیمی موسیقی کی آواز کہاں سے آ رہی ہے جو سوئے ہوئے گھروں سے لگی لگی ابھرتی ہے اور دیواروں پر سے اس طرح گزر جاتی ہے جیسے کوئی طائرِ شب ملائم پروں سے پرواز کر جائے۔ پہلی ہی رات کو اس نے تھریسی کو دیکھا اور س کے دل میں ہیجان برپا ہو گیا۔ وہ سونے جاتے جاتے سفید لباس پہنے کھڑکی میں آ کر باہر جھانکنے لگی تھی۔ وہ اس نغمے کو سن کر متعجب ہو رہی تھی جسے اس نے پہلے گھر واپس آنے پر سنا تھا۔

کھڑکی سے پلٹتے ہوئے اس نے اپنی گہری آواز میں کہا، ''سنو فرانکوئی، یہ کوئی پرندہ نہیں ہے۔''

بوڑھی عورت کا صرف سایہ جولئین کو نظر آیا۔ بولی، ''ارے کوئی بانسری بجانے والا ہوگا جو دور کسی گھر میں اپنا دل بہلا رہا ہوگا۔''

لڑکی نے بڑھیا کے الفاظ دہرائے، ''ہاں، کہیں بہت دور ہے۔'' یہ کہہ کر اس نے اپنے ننگے بازوؤں کو رات کی ہوا سے خنکی پہنچائی۔

اس کے بعد روزانہ رات کو جولئین اپنی بانسری زور زور بجانے لگا اور جب بانسری کی آواز تیز ہوتی تو جولئین کا ہیجان لبوں سے گزر کر پرانی زرد بانسری میں پہنچ گیا۔ اور تھریسی روزانہ رات کو جب اس کا نغمہ سنتی تو متعجب ہوتی۔ نغمہ منتظر رہتا، یہاں تک کہ جب رات پڑ جاتی تو اڑتا ہوا اس کے پاس پہنچ جاتا۔ اور پھر زندہ دلی کے نغمے ساری فضا میں گونجنے لگتے۔ وہ محسوس کرتی کہ ان نغموں کا رخ اس کی کھڑکی کی جانب ہے، اور کبھی کبھی وہ پنجوں کے بل کھڑی ہو جاتی اور مکانوں کے اُس پار دیکھنے کی کوشش کرتی۔ پھر ایک رات کو نغمے اس کے اتنے قریب پھٹ پڑے کہ معلوم ہوتا تھا نغمے اسے چھو رہے ہیں۔ اس نے اندازہ لگا لیا کہ نغمے کہیں چوک میں سے آ رہے تھے، کسی

سوئے ہوئے پرانے گھر میں سے۔ جولئین نے اپنا پورا شدید جذبہ بانسری میں پھونک دیا اور بانسری شفاف موسیقی سے دھڑکنے لگی۔ اندھیرے نے جولئین کا حوصلہ اتنا بڑھا دیا کہ اس نے تھریسی کو اپنی موسیقی کے ذریعہ اپنی آغوش میں کھینچ لینے کی امید باندھی اور واقع میں تھریسی کھڑکی میں لٹک گئی، جیسے نغموں کے جادو نے اسے جکڑ لیا ہو۔

بوڑھی عورت کی آواز سنائی دی، ''اندر آجاؤ۔ بجلی چمک رہی ہے۔ تمھیں برے برے خواب دکھائی دیں گے۔''

رات بھر جولئین سو نہ سکا۔ وہ سوچتا رہا کہ تھریسی نے پتہ لگا لیا ہوگا کہ میں کون ہوں یا اس نے مجھے دیکھ لیا ہوگا۔ وہ اپنے بستر پر لیٹا ہوا تھا۔ شدت جذبات سے اس کا سینہ پھُنک رہا تھا، سوچ رہا تھا کہ کل میں اپنے آپ کو ظاہر کیوں نہ کردوں؟ یقیناً یہ بڑی مضحکہ خیز بات ہوگی کہ میں اب بھی چھپا رہا ہوں۔ پھر بھی اس نے یہ فیصلہ کیا کہ ابھی اپنے آپ کو ظاہر نہ کرے۔ اور صبح چھ بجے وہ اپنی کھڑکی کے آگے کھڑا اپنی بانسری کو اس کے بکس میں رکھ رہا تھا کہ یکا یک تھریسی کی کھڑکی زور سے کھلی۔

عام طور سے وہ آٹھ بجے سے پہلے نہیں اٹھتی تھی لیکن اس وقت وہ اپنا لبادہ پہنے کھڑکی میں آئی۔ اس کے بال بے ترتیبی سے بندھے گردن پر پڑے ہوئے تھے۔ جولئین اپنی کھڑکی میں احمقوں کی طرح کھڑا اس کی طرف دیکھ رہا تھا اور اس عرصہ میں اس کے بے ڈول ہاتھ بے سود کوشش کر رہے تھے کہ بانسری کے جوڑوں کو الگ کرکے بکس میں رکھ دیں۔ تھریسی نظریں جمائے اس کا جائزہ لے رہی تھی، بڑی تمکنت سے چند لمحوں تک اس نے اس کی بھاری ہڈیوں کو جانچا، اس کے لمبے چوڑے بھدے جسم کو دیکھا، عرض شرمیلے، بدقوارہ دیو کا خوب جائزہ لیا۔ وہ اس وقت پچھلی رات کی مشتاق موسیقی لڑکی نہیں تھی۔ وہ بڑی مغرور نظر آرہی تھی۔ اس کا رنگ بہت زرد تھا، آنکھیں سیاہ اور لب سرخ تھے۔ جب اسے جولئین کے بارے میں کسی قسم کا تذبذب نہیں رہا تو بڑے اطمینان سے یہ انداز اختیار کیا جیسے وہ کسی بازاری کتے کو دیکھ رہی تھی کہ اسے پسند کرے یا نہ کرے۔ پھر لبوں سے خفیف سی حقارت کا اظہار کرکے اس نے جولئین کو رد کردیا۔ اس کے بعد بے پروائی سے اس نے کھڑکی بند کردی اور پلٹ کر چلی گئی۔

جولئین کے گھٹنوں نے جواب دے دیا۔ وہ اپنی آرام کرسی میں ڈھیر ہوگیا اور اس کے منہ سے گھٹے گھٹے فقرے نکلنے لگے۔ ''وہ مجھے پسند نہیں کرتی!۔۔۔ اور میں اس سے محبت کرتا ہوں۔۔۔ یہ بے رخی مجھے مار ڈالے گی۔''

اس نے اپنا سر ہاتھوں میں لے لیا اور سسکیاں لینے لگا۔ ''کیوں، آخر کیوں میں نے اپنے آپ کو دکھایا؟ مجھ جیسے بدہیئت شخص کو چھپا رہنا چاہیے، باہر نکل کر لڑکیوں کو ڈرانا نہیں چاہیے۔'' اپنی بدنمائی پر وہ جھنجھلا رہا تھا اور اپنے آپ کو کوس رہا تھا۔ کیا اسے اسی طرح اندھیروں میں بانسری بجاتے نہیں رہنا چاہیے تھا، جیسے کوئی طائر شب چہکا کرتا ہے اور اپنے نغمے سے دلوں کو موہ لیتا ہے، لیکن اسے دن کی روشنی میں ہرگز ظاہر نہیں ہونا چاہیے، اس خوف

سے کہ وہ کسی کی ناخوشی کا باعث نہ ہو جائے؟ وہ سدا ایک ایسا خوشگوار نغمہ بنا رہتا جسے وہ سنتی رہتی، ایک ایسی پرانی دُھن بنا رہتا جو پُراسرار محبت کے رموز کھولتی رہتی۔ وہ بغیر اسے جانے ہوئے اس کی پرستش کرتی رہتی، جیسے وہ کوئی دلربا شہزادہ ہو جو دور سے اس لیے آیا ہوا کہ اس کی کھڑکی کے نیچے اس کی محبت میں جان دے دے۔ لیکن اس نے اپنے احمق پن سے طلسم کو توڑ دیا تھا اور اب وہ جان گئی تھی کہ وہ ہل میں جُتے ہوئے بیل کی طرح بے ڈول ہے، اور آئندہ وہ اس کی موسیقی کو ہرگز پسند نہیں کرے گی۔

اس کا خیال صحیح تھا۔ وہ اپنی دلگداز دُھنیں بار بار بجاتا رہا، پھولوں اور درختوں کی خوشبوؤں میں بسی ہوئی راتوں میں، مگر سب بے سود۔ تھریسی نے انھیں نہ تو سنا اور نہ ان کی طرف دھیان دیا۔ وہ اپنے کمرے میں آتی جاتی رہی اور کھڑکی میں سے جھک کر جھانکتی بھی رہی، مگر اس انداز سے گویا جولئین اس کے سامنے سرے سے تھا ہی نہیں، جیسے اس کا سروں میں محبت کا اظہار کرنا کوئی وقعت ہی نہیں رکھتا تھا بلکہ ایک دن وہ یہ بھی کہہ گئی کہ ''اس بے سُری بانسری نے تو کان کِر کِرے کر دیے۔''

شکستہ دل ہو کر اس نے اپنی بانسری کو دراز میں ڈال دیا اور پھر کبھی اسے نہ بجایا۔

یہاں یہ بھی بتا دینا چاہیے کہ پستہ قد کولمبل نے بھی جولئین کا مذاق اڑایا۔ ایک دن شارع سیورنن جاتے ہوئے اس نے دیکھا کہ جولئین اپنی کھڑکی میں بیٹھا بانسری بجا رہا ہے۔ وہ کئی بار ادھر سے آیا گیا اور ہر بار ایک زور کا قہقہہ لگاتا رہا۔ جولئین جانتا تھا کہ وکیل کا منشی مارسینی محل میں اکثر آیا جایا کرتا ہے۔ اس بات سے اسے بڑی تکلیف پہنچی۔ وہ اس ٹھٹھرے ہوئے شخص سے حسد نہیں کرتا تھا مگر صرف ایک گھنٹے کے لیے اسے کولمبل کی جگہ مل جاتی تو وہ اس کے بدلے اپنی پوری زندگی دینے کو تیار تھا۔ کولمبل کی ماں فرانکوئی مارسینیوں کے ہاں سالہا سال سے ملازم تھی۔ وہ تھریسی کی انا بن کر آئی تھی اور اب اس کی دوا تھی۔ نواب زادی تھریسی اور دیہاتی لڑکا کولمبل دونوں ساتھ کے کھیلے ہوئے تھے، اور یہ ایک قدرتی امر تھا کہ ان کا بچپن کا تعلق قائم رہتا۔ بہرحال چلتے پھرتے جب جولئین کا اس سے آمنا سامنا ہوتا تو اس کے لبوں پر طنزیہ مسکراہٹ دیکھ کر جولئین کو اذیت ہوتی۔ جولئین نے جب یہ دیکھا کہ اس کے ٹھٹھرے ہوئے رقیب کا ناک نقشہ برا نہیں ہے تو اس کی نفرت اور بڑھ گئی۔ کولمبل کا سر گول تھا، بلی جیسا، لیکن نازک، حسین اور مکار۔ اس کی آنکھیں سبز تھیں اور اس کی گول نرم ٹھوڑی پر گھونگھریالے بالوں کے گچھے تھے۔ جولئین سوچتا، ''کاش پرانی فصیل کے پاس کسی گھات میں مجھے یہ ایک بار اور مل جائے تو میں اسے بتاؤں کہ تھریسی کو اس کے گھر میں دیکھ کر مسرت حاصل کرنے کا کیا نتیجہ ہوتا ہے۔''

ایک سال گزر گیا۔ جولئین بہت ناخوش تھا۔ وہ صرف تھریسی کے لیے زندہ تھا۔ اس کا دل سرد محل میں پڑا ہوا تھا اور محل کے سائے میں وہ محبت کا مارا اپنی زندگی برباد کر رہا تھا۔ اس کا سارا فرصت کا وقت اپنی کھڑکی کے قریب گزرتا۔ وہاں بیٹھا وہ سنگین دیوار پر اپنی نظریں جمائے رہتا۔ اس دیوار کے ہر کائی لگے پتھر کو وہ جان گیا تھا۔ مہینوں وہ تکتا اور سنتا رہا مگر بے سود۔ اسے اب بھی خاموش محل کے اندر کی زندگی کا کوئی علم نہیں تھا، اور اس کا سارا وجود محل کا غلام بن کر رہ گیا تھا۔ مدھّم آوازیں اور روشنی کی وقتی جھلکیاں اسے اور بھی پریشان کرتیں۔ یہ کہیں

جنازوں کی رسوم کی تو علامتیں نہیں تھیں؟ وہ نہیں جان سکتا تھا، کیوں کہ زندگی تو دیوار کے اس طرف بسر ہوتی تھی۔ اپنے مزاج کی خوشی یا ناخوشی کے مطابق وہ اچھا برا سوچتا تھا۔ تخیل میں وہ دیکھتا کہ نوعمر لڑکی چست نٹ کے درختوں کے سایوں میں ٹہلتی پھر رہی ہے، یا اپنے ناچ کے ساتھیوں کے بازوؤں میں مچل رہی ہے، یا پھر ایک دم سے اپنی ناخوشگوار زندگی سے دل برداشتہ ہوکر وہ اپنے بے رونق کمروں میں پھوٹ پھوٹ کر رو رہی ہے۔ کبھی سوچتا کہ نواب کے قدموں کی ہلکی سی چاپ اس نے سنی ہے، اور اس کے ساتھ ہی لکڑی کے چمکدار فرش پر نواب بیگم کے چھوٹے چھوٹے قدموں کی آواز بھی کانوں میں آ رہی ہے۔ اور اسی بے خبری میں اس کی زندگی گزرتی رہی، کیوں کہ پُر اسرار دیوار کے پیچھے کا حال معلوم کرنے کا ذریعہ صرف تھریسی کی کھڑکی ہی تھی۔ نوعمر خاتون اسے روز دکھائی دے جاتی، مورتی کی طرح خاموش، نومیدی کو اپنے جلو میں لیے۔ اس کی دوری اور اس کی زندگی سے لاعلمی نے جولئین کو تباہ کر رکھا تھا۔

جولئین کے سب سے پُر مسرت لمحے وہ ہوتے جب محل کی کھڑکی کھول دی جاتی۔ تھریسی کمرے میں نہیں ہوتی تھی لیکن وہ کمرے کے کونے کونے تک اپنی نظریں تو پہنچا سکتا تھا۔ اسے چھ مہینے لگ گئے یہ معلوم کرنے میں کہ تھریسی کی مسہری بائیں ہاتھ کو ایک گوشے میں ہے اور مسہری کے پردے گلابی ریشم کے ہیں۔ اور مزید چھ مہینے یہ دریافت کرنے میں لگے کہ مسہری کے مقابل ایک درازدار خوشنما الماری ہے جس پر چینی کا حاشیہ لگا آئینہ رکھا ہوا ہے۔ کھڑکی کے سامنے دودھیا مرمریں آتش دان ہے، اور سارا کمرہ ایک فردوسی خواب ہے۔

اس کی محبت کی راہ میں شدید کشمکشیں تھیں۔ اپنی بدشکلی کی شرمندگی کے باعث وہ ہفتوں چھپا رہتا۔ پھر اس پر غیظ کا دورہ پڑ جاتا۔ وہ دیوانہ وار چاہتا کہ اپنے بھدے اعضا کی نمائش کرے اور اپنے گھٹل تمتمائے ہوئے چہرے کو دیکھنے کے لیے تھریسی کو مجبور کرے۔ چنانچہ اسے اپنے وجود سے پریشان کرنے کے لیے وہ ہفتوں اپنی کھڑکی میں کھڑا رہتا۔ دو موقعے ایسے بھی آئے کہ اس نے ہاتھ چوم کر جلتے ہوئے بُوسے تھریسی کی طرف اچھالے۔ یہ محبت کی اس دیوانگی کا نتیجہ تھا جو شرمیلے انسان میں وحشیت کو ابھار دیتی ہے۔

تھریسی اس پر ناراض تک نہیں ہوئی۔ جب تک وہ چھپا رہتا، وہ تھریسی کو شاہانہ وقار سے چلتا پھرتا دیکھتا، اور جب جولئین اپنے وجود کو اس پر ٹھونستا تو وہ نہایت سرد مہر اور بے نیاز ہو جاتی۔ اس نے تھریسی کو کبھی بے خبر نہیں پایا۔ اگر اتفاق سے تھریسی کی نظر اس پر پڑ جاتی تو لوٹ جانے کی اسے کوئی جلدی نہ ہوتی۔ جب وہ ڈاک خانہ میں لوگوں کو کہتے سنتا کہ تھریسی مارسینی بڑی متقی اور مخیر ہے تو دل ہی دل میں سخت احتجاج کرتا۔ نہیں، وہ مذہبی خیال کی عورت نہیں ہے، اسے خون پسند ہے، کیوں کہ اس کے لب خون جیسے سرخ ہیں اور اس کے چہرے کی زردی کا نتیجہ ہے دنیا سے نفرت کرنے کا۔ اور پھر وہ رونے لگتا یہ سوچ کر کہ میں نے اس کی توہین کی ہے۔ مجھے اس سے معافی کی درخواست کرنی چاہیے کیوں کہ وہ تو ایک نیکی ہے اپنے پروں کے تقدس میں لپٹی ہوئی۔

پہلے سال میں دن گزرتے گئے اور ذرہ بھر بھی تبدیلی نہیں ہوئی۔ جب موسم گرما پھر آ گیا تو جولئین کو ایک عجیب احساس سے دوچار ہونا پڑا۔ اسے ایسا لگا جیسے تھریسی ایک مختلف ماحول میں زندگی بسر کر رہی ہے۔ وہی

چھوٹی چھوٹی باتیں ہوتی رہیں۔ اس کی کھڑکیاں صبح کو کھلتیں اور رات کو بند ہو جاتیں، اور وہ پابندی سے مقررہ اوقات پر دکھائی دیتی رہی۔ لیکن اس کی کھڑکی میں سے کسی نئی بات کا جھونکا آنے لگا تھا، اور وہ خود زیادہ زرد اور زیادہ اونچی نظر آنے لگی تھی۔ ایک دن جولئین نے محبت سے بے قابو ہو کر تیسری بار ہمت کر کے کپکپاتے ہاتھ کو چوم کر تھریسی کی جانب ایک بوسہ اچھال دیا۔ وہ کھڑکی میں ٹھہری رہی اور اپنی بے نیازانہ سنجیدگی سے جولئین کو نظر جمائے دیکھتی رہی۔ آخر جولئین ہی کو تمتمائے ہوئے رخساروں کے ساتھ اپنی کھڑکی سے ہٹ جانا پڑا۔

موسم گرما کے اختتام پر صرف ایک نئی بات ہوئی۔ بات بہت سیدھی سادی تھی مگر جولئین نے اس کا بہت گہرا اثر لیا۔ تقریباً روزانہ شام ہوتے ہی تھریسی کی کھڑکی جو دن بھر کھلی رہتی تھی، اس زور سے بند کی جاتی کہ لکڑی کا چوکھٹا جھنجھنا جاتا، اور اس کے بعد اندر سے چٹخنی لگانے کی آواز صاف سنائی دیتی۔ اس آواز کو سن کر جولئین کو صدمہ ہوتا تھا، نہ جانے کیوں۔ وہ گھبرا جاتا اور دل میں درد ہونے لگتا۔ کھڑکی کے دھماکے سے بند ہو جانے کے بعد محل موت جیسی خاموشی میں ڈوب جاتا اور جولئین کے دل پر خوف چھا جاتا۔ بہت دنوں تک وہ یہ معلوم نہ کر سکا کہ کھڑکی اس طرح کون بند کرتا تھا۔ لیکن ایک شام کو اس نے تھریسی کے زرد ہاتھ دیکھے۔ یہ تھریسی ہی تھی جو اس قدر خوفناک قوت سے کھڑکی بند کرتی تھی۔ اور جب وہ ایک گھنٹہ بعد دوبارہ کھڑکی کھولتی تو چٹخنی اور پٹ کھولنے میں جلدی نہ کرتی، اور چند لمحوں کے لیے ستانے کے انداز سے کھڑکی میں جھک جاتی۔ پھر وہاں سے ہٹ کر اپنے سونے کے کمرے میں غیر ضروری کام کرتی پھرتی۔ جولئین کا دماغ سوچنے سے عاری ہو جاتا اور صرف چٹخنی کی آواز اس کے کانوں میں گونجتی رہتی۔

موسم خزاں کی ایک شام کو جب گلابی موسم تھا اور آسمان پر بادل چھا رہے تھے، کھڑکی بڑی کرخت آواز سے بند ہوئی۔ جولئین سر سے پاؤں تک لرز گیا اور ڈبڈبائی آنکھوں سے اس کالی دیواروں والے محل کو دیکھتا رہا جو شام کے جھٹپٹے میں اور بھی کالا پڑتا جا رہا تھا۔ صبح کو بارش ہو چکی تھی اور چسٹ نٹ کے درختوں سے، جن کے پتے جھڑ چکے تھے، مردنی کی بُو اٹھ رہی تھی۔

اس عرصہ میں جولئین منتظر بیٹھا رہا کہ کھڑکی دوبارہ کھلے۔ کھڑکی کھلی اور اسی بیہودہ شور کے ساتھ جس سے کہ وہ بند ہوئی تھی۔ تھریسی نمودار ہوئی، بے حد زرد، پھٹی ہوئی آنکھیں اور شانوں پر کھلے ہوئے بال بکھرے ہوئے۔ وہ کھڑکی کے بیچوں بیچ کھڑی تھی۔ اس نے دونوں ہاتھوں کی انگلیوں کو اپنے سرخ لبوں سے مَس کیا اور جولئین کی طرف ایک بوسہ اچھال دیا۔

جولئین حیران رہ گیا اور اس نے اپنے دونوں ہاتھوں کو سینے پر اس طرح رکھا جیسے پوچھ رہا ہو، ''کیا یہ بوسہ اس کے لیے ہے؟''

اس پر تھریسی کو گمان ہوا کہ وہ پیچھے ہٹ رہا ہے۔ وہ کھڑکی میں جھکی، دوبارہ اپنی انگلیاں اپنے سرخ لبوں سے لگائیں اور ایک اور بوسہ اس کی طرف اچھال دیا۔ اس کے بعد تیسرا بوسہ بھی۔ شاید وہ ان تینوں بوسوں کا جواب دے رہی تھی جو اسے پیش کیے گئے تھے۔ جولئین کا منہ حیرت سے کھلا کا کھلا رہ گیا۔ کھڑکی کے تاریک

چوکھٹے میں وہ تھریسی کو صاف دیکھ رہا تھا۔

جب تھریسی نے سمجھ لیا کہ اسے یقین دلا چکی ہے تو چوک میں اس نے اِدھر اُدھر نظر دوڑائی اور آواز دبا کر صرف ایک لفظ کہا، ''آؤ۔''

جولیئن چلا۔ نیچے اترا، چوک پار کیا۔ جب اس نے نظر اٹھائی تو دیکھا کہ سیڑھیوں والا دروازہ کھلا ہوا تھا۔ وہ دروازہ جو شاید نصف صدی سے بند پڑا تھا اور اس کے دونوں پٹوں پر کائی کی مہر لگ گئی تھی۔ لیکن وہ بے ہوشوں کی طرح آگے بڑھتا رہا اور اسے کسی بات پر تعجب نہیں ہو رہا تھا۔ جیسے ہی اس نے دروازے کے اندر قدم رکھا، دروازہ بند ہو گیا اور ایک سرد ہاتھ کی رہنمائی میں وہ چلتا رہا، اس نے ایک زینہ طے کیا، ایک غلام گردش میں سے گزرا، ایک کمرے میں سے ہو کر نکلا اور دوسرے کمرے میں داخل ہوا۔ اس کمرے کو وہ پہچانتا تھا۔ یہ وہی فردوسی کمرہ تھا جس کا اس نے خواب دیکھا تھا، کمرہ جس میں گلابی ریشم کے پردے تھے۔ دن کی روشنی آہستہ آہستہ غائب ہو رہی تھی۔ اس کے جی میں آئی کہ تعظیماً دوزانو ہو جائے لیکن تھریسی اس کے سامنے سیدھی کھڑی تھی۔ اس نے اپنے دونوں ہاتھوں کی انگلیوں کو پھنسا رکھا تھا اور اپنے ارادے کی اتنی پکی تھی کہ اس نے اپنے بدن کی تھرتھری پر قابو پا لیا تھا۔

تھریسی نے نیچی آواز میں پوچھا، ''کیا تم مجھ سے محبت کرتے ہو؟''

جولیئن نے اٹک اٹک کر کہا، ''جی۔۔۔ جی ہاں۔۔۔ جی ہاں۔''

لیکن تھریسی نے ہاتھ کے اشارے سے ظاہر کیا کہ فضول باتیں نہ کی جائیں۔ بڑے پُرغرور انداز سے اس نے پوچھا، ''اور اگر میں اپنے آپ کو تمھارے سپرد کر دوں تو کیا تم میرے واسطے سب کچھ کر گزرو گے؟''

اس کے الفاظ میں بناوٹ کا کوئی شائبہ نہیں تھا۔ جولیئن میں جواب دینے کی ہمت نہیں تھی۔ اس نے اپنے دونوں ہاتھ سینے پر رکھ کر اقرار کیا۔ اس کے پیار کے لیے تو وہ غلام تک بننے کو تیار تھا۔

''اچھا تو سنو۔ میں تم سے ایک کام لینا چاہتی ہوں۔''

وہ پہلے کی طرح اب بھی احمق بنا رہا۔ تھریسی نے محسوس کیا کہ تھکن کی وجہ سے یہ موقع استدعا کرنے کا نہیں تھا، ایک دم سے تحکمانہ بولی، ''تو آؤ۔ قول ہارو۔ میں قسم کھاتی ہوں کہ میں نے جو سودا کیا ہے، اس پر قائم رہوں گی۔ قسم کھاؤ! قسم کھاؤ!''

جولیئن نے اپنے آپ کو بالکل حوالے کرتے ہوئے کہا، ''میں قسم کھاتا ہوں۔۔۔ جو بھی تم کہو۔''

کمرے کی پاکیزہ خوشبو نے اس پر نشہ سا طاری کر دیا۔ گوشے کے پردے ایک طرف ہٹا دیے گئے، اور گلابی ریشم کے پردوں میں سے ہلکی روشنی چھن کر کنوارے بستر پر پڑتی دیکھ کر تقدس کی سرخوشی سے وہ جھوم گیا۔ پھر ان ہاتھوں سے، جو یکا یک رحم اور وحشیانہ ہو گئے تھے، تھریسی نے جھٹکا دے کر گوشے کے پردوں کو ایک طرف ہٹا دیا اور سسکتی روشنی میں گوشہ دکھائی دینے لگا۔ بستر اُلٹ پلٹ پڑا تھا۔ چادر مسہری پر سے لٹکی ہوئی تھی، اور تکیہ جو فرش پر گر پڑا تھا، ایسا معلوم ہوتا تھا کہ چبایا گیا ہے۔ اور بستر پر چاروں ہاتھ پاؤں پھیلائے ایک شخص کا جسم پڑا

ہوا تھا۔ اس کے پاؤں ننگے تھے۔

تھریسی نے گھٹی ہوئی آواز میں کہا، ''دیکھا تم نے، یہ میرا عاشق تھا۔ میں نے اسے دھکا دیا اور یہ گر پڑا۔ میں ٹھیک نہیں جانتی کہ کیا ہوا ہے، مگر وہ مر چکا ہے اور تمھیں اسے یہاں سے اٹھا کر لے جانا ہے۔''

تھریسی مارسینی نے بچپن ہی میں کومبل کو ستانا شروع کر دیا تھا۔ وہ تھریسی سے کوئی چھ مہینے بڑا تھا۔ تھریسی جس دن پیدا ہوئی تھی، اسی دن سے کومبل کی ماں فرانکوئی نے کومبل کو شیشی سے دودھ پلانا شروع کر دیا تھا تاکہ تھریسی کو اپنا دودھ پلا سکے۔ کومبل اسی گھر میں پلا بڑھا تھا مگر اس کی حیثیت مذبذب ہی رہی۔ وہ نصف ملازم ور نصف تھریسی کا ہمجولی تھا۔

تھریسی بڑی خوفناک لڑکی تھی۔ یہ نہیں کہ اس کی حرکتیں لڑکوں جیسی تھیں یا شور بہت مچاتی تھی، اس کے برعکس وہ بہت لیے دیے رہتی تھی، اتنی کہ جب کوئی ملنے آتا تو وہ اس قدر سلیقے سے پیش آتی کہ سب اس کی تمیز اور اچھے اخلاق کی تعریف کرتے۔ لیکن کبھی کبھی اس کا وطیرہ ہی کچھ اور ہو جاتا۔ جب وہ اکیلی ہوتی تو ایک دم سے چیخیں مارنے لگتی، پیر پٹختی اور غصے سے دیوانی ہو جاتی۔ یا باغ کی پگڈنڈی کے عین بیچ میں چت لیٹ جاتی اور وہیں پڑی رہتی، یہاں تک کہ پٹائی ہونے پر بھی اٹھنے سے انکار کر دیتی۔

کوئی پتہ نہیں چلا سکتا تھا کہ وہ کیا سوچ رہی ہے۔ بچپن میں بھی کوئی چمک اس کی کشادہ آنکھوں میں ایسی پیدا نہیں ہوتی تھی جس سے اس کے دل کا حال معلوم ہو جائے۔ ننھی لڑکیوں کی آنکھیں تو وہ شفاف آئینے ہوتے ہیں جن میں ان کی روحوں کے عکس صاف نظر آتے رہتے ہیں لیکن تھریسی کی آنکھیں تو دو تاریک تالاب تھے، سیاہی کی طرح کالے، جن سے کوئی بات ظاہر نہیں ہوتی تھی۔

چھ سال کی عمر سے اس نے کومبل کو ستانا شروع کیا۔ وہ چھوٹا اور کمزور تھا۔ تھریسی اسے باغ کے پرلے سرے پر لے جاتی، جہاں چسٹ نٹ کے درخت خوب گھنے ہوتے۔ وہاں اس کی چڈی پر سوار ہو جاتی اور کومبل اسے لادے لادے پھرتا۔ جہاں پگڈنڈیاں ملتی تھیں، وہاں ایک کھلی جگہ تھی۔ تھریسی اس سے ایک ایک گھنٹہ دوڑ لگواتی۔ خوب جم کر اس سے چمٹی رہتی اور اس کی پسلیوں میں اپنی ایڑیاں اڑائے رہتی۔ اسے دم لینے تک کی مہلت نہ دیتی۔ وہ گھوڑا بنتا اور یہ سوار۔ جب وہ ہانپ کر گرنے لگتا تو وہ اس کے کان اتنے چباتی کہ ان میں سے خون ٹپکنے لگتا۔ یا اس زور سے چمٹتی کہ اس کے ناخن کومبل کے گوشت میں اتر جاتے۔ وہ پھر سرپٹ بھاگتا اور چھ سال کی ظالم ملکہ اس پر سوار اپنے کھلے ہوئے بال ہوا میں پھریرے کی طرح لہراتی درختوں میں سے اڑی چلی جاتی۔

اس کے بعد یہ ہوتا کہ اپنے والدین کی موجودگی میں تھریسی اس کے چٹکیاں لیتی اور پہلے ہی تاکید کر دیتی کہ 'سی' تک نہ کرے۔ وہ مسلسل اس کو دھمکیاں دیتی رہتی تھی کہ اگر تو نے محل میں کسی سے ہمارے کھیلوں کا ذکر کیا تو میں تجھے محل سے باہر پھنکوا دوں گی۔ لہٰذا ان کی ایک زندگی ایسی تھی جس کا کسی کو علم نہیں تھا اور ویسے سب کے سامنے ان کے تعلقات دوسری قسم کے تھے۔ جب یہ دونوں اکیلے ہوتے تو وہ اس سے ایک گڑیا کی طرح

کھیلتی، اور اکثر کا یک اسے خواہش ہوتی کہ اسے توڑ دے اور دیکھے کہ اس کے اس کے اندر کیا ہے۔ کیا وہ نواب زادی نہیں تھی اور کیا ہر شخص اس کی مرضی کے آگے سر نہیں جھکا دیتا تھا؟ انھوں نے اسے ایک چھوٹا سا آدمی کھیلنے کے لیے دیا تھا، اور جب تنہائی میں کومبل پر حکم چلاتے چلاتے اکتا جاتی تو اپنے آپ کو زیادہ خوش کرنے کے لیے وہ کومبل کے لاتیں مارتی، یا لوگوں سے بھرے ہوئے کمرے میں اس کے بازو میں پن چبھو دیتی، اور اس کے ساتھ ساتھ اپنی سیاہ آنکھوں سے اسے مسحور کر دیتی تا کہ وہ چونک بھی نہ سکے۔

کومبل ان تمام مظالم کو برداشت کرتا، لیکن ایسے بھی لمحے آتے کہ وہ خاموش بغاوت کرتا اور وہ کھڑا سر سے پاؤں تک لرزتا رہتا۔ مگر اس کی آنکھیں جھکی رہتیں تا کہ طیش میں اپنی کم عمر مالکہ کا گلا نہ گھونٹ دے۔ وہ خود بڑی مکار فطرت کا لڑکا تھا۔ پیٹے جانے سے وہ ناخوش نہیں ہوتا تھا۔ اسے اس تلخ تجربے میں بھی لطف آتا تھا۔ بعض دفعہ وہ خود کوئی ایسی بات کرتا کہ تھریسی چڑ کر اس کے پن چبھو دیتی اور اس پر جو اسے غصہ آتا، اس سے لطف اندوز ہوتا۔ جب پن اس کے گوشت میں اتر جاتا تو وہ مطمئن ہو جاتا۔ کیوں کہ اب وہ اپنی ناراضگی کے مزے لے سکتا تھا۔ بہرحال وہ یوں اپنا انتقام لے لیتا۔ تھریسی کو لادے ہوئے وہ جان بوجھ کر پتھریلی زمین پر گر پڑتا۔ اسے اپنے ہاتھ پاؤں کے ٹوٹ جانے کا کوئی اندیشہ نہ تھا، اور جب تھریسی کے ایک آدھ چھوٹی موٹی چوٹ آجاتی تو اس کی خوشی کی انتہا نہ رہتی۔ جب اور لوگوں کی موجودگی میں پن چبھونے پر وہ نہیں چیختا تھا تو اس کی وجہ یہ تھی کہ وہ اپنے اور اس کے تعلقات میں کسی کی مداخلت کو گوارہ نہیں کر سکتا تھا۔ ان کے تعلقات کا معاملہ ان کا ذاتی معاملہ تھا، اور وہ یہ سوچتا تھا کہ آگے چل کر تھریسی پر اس کا قبضہ ہو جائے گا۔

اس عرصہ میں تھریسی کے ایک دم سے پھٹ پڑنے کی عادت سے نواب صاحب پریشان ہونے لگے۔ تھریسی کے ایک چچا نے بڑے بے قاعدہ زندگی گزاری تھی اور شہر کے ایک دور افتادہ حصے میں حرام کاری کے اڈے میں قتل ہو گیا تھا۔ تھریسی اسی چچا کے نقش قدم پر چل رہی تھی۔ مارسینی خاندان کی تاریخ میں ایک افسوس ناک سلسلہ بھی پایا جاتا تھا۔ اگرچہ اس خاندان کے بیشتر افراد سنجیدہ اور باعظمت گزرے ہیں تاہم ہر پشت میں ایک فرد ایسا بھی پایا جاتا تھا جو کسی عجیب عارضہ کا شکار ہوتا تھا۔ یہ عارضہ کچھ دیوانگی یا بگڑے ہوئے احساسات جیسا ہوتا تھا۔ یہ فرد ایک ایسا ناپاک عنصر ہوتا تھا جس کے ختم ہو جانے سے خاندان کچھ عرصہ کے لیے پاک ہو جاتا تھا۔ لہٰذا نواب صاحب نے یہ دانش مندانہ فیصلہ کیا کہ تھریسی کی پرداخت سختی کے ساتھ کی جائے۔ اسے ایک کانونٹ میں بھیج دیا گیا، اس امید پر کہ وہاں کی کڑی تربیت سے اس کے مزاج کا وحشیانہ پن جاتا رہے گا۔ کانونٹ میں وہ اٹھارہ سال کی عمر تک رہی۔

جب وہ وہاں سے گھر واپس آئی تو وہ قد آور اور شائستہ لڑکی تھی۔ اس کے والدین یہ دیکھ کر بہت خوش ہوئے کہ وہ بڑی صالح بن گئی تھی۔ کلیسا میں وہ دوزانو ہو کر دیر تک اپنا سر دونوں ہاتھوں میں لیے رہتی۔ گھر پر وہ معصومیت اور سکون کی خوشبو سے ماحول کو مہکا دیتی۔ اس کی صرف ایک کمزوری تھی؛ مٹھائی۔ صبح سے شام تک وہ مٹھائیاں کھاتی رہتی۔ کبھی اس کی آنکھیں ادھ کھلی رہتیں اور ہلکی سی لرزش لیے سرخ لبوں سے کسی مٹھائی کو چوستی

رہتی۔ کوئی نہیں کہہ سکتا تھا کہ یہ وہی لڑکی ہے۔ ضدی اور چپ سادھ جانے والی جو باغ سے واپس آتی تو اس کے کپڑے لیر لیر ہوتے اور یہ ہرگز نہ بتاتی کہ اس پر کیا افتاد پڑی۔ نواب صاحب اور نواب بیگم جو گزشتہ پندرہ سال سے اپنے عالیشان محل میں بند ہو کر بیٹھ رہے تھے، اب انھوں نے محسوس کیا کہ دعوتوں کا سلسلہ پھر شروع کر دینا چاہیے۔ انھوں نے کئی دعوتیں کیں اور ایک ناچ کا اہتمام بھی کیا جس میں آس پاس کے رئیسوں کو مدعو کیا۔ وہ چاہتے تھے کہ اب تھریسی کی شادی کر دیں۔ اپنے مزاج کی سرد مہری کے باوجود تھریسی نے ان کی خواہشوں کو قبول کیا۔ عمدہ لباس بھی پہنے اور رقص میں بھی شریک ہوئی، لیکن اس قدر زرد چہرے کے ساتھ کہ جن نوجوانوں نے اس سے محبت کی پینگیں بڑھانی چاہیں، وہ اسے دیکھ کر ڈر گئے۔

گھر واپس آنے کے بعد تھریسی نے کومبل کا ذکر تک نہیں کیا۔ نواب صاحب نے اس لڑکے پر توجہ فرمائی اور تعلیم دلوائی۔ حال ہی میں اسے وکیل سیبورنن کے ہاں ملازم بھی رکھوا دیا تھا۔ ایک دن فرانکوئی اپنے بیٹے کو محل میں لائی اور اسے تھریسی کے سامنے پیش کرتے ہوئے بولی، ''تمھیں یاد ہوگا یہ بچپن میں تمھارے ساتھ کھیلا کرتا تھا۔'' کومبل خوب بنا سنورا تھا اور مسکرا رہا تھا۔ تھریسی نے خاموشی سے اس کی طرف دیکھا۔ بولی، ''ہاں مجھے یاد ہے۔'' اتنا کہہ کر چلی گئی۔ لیکن کومبل ایک ہفتہ بعد پھر آیا اور کچھ ہی عرصہ میں اس نے پہلے کی طرح ربط ضبط بڑھا لیا۔ اپنے کام سے فارغ ہونے کے بعد وہ روزانہ شام کو آ جاتا اور اپنے ساتھ موسیقی کی کتابیں، ناول اور تصویروں کے مرقعے بھی لاتا۔ مارسینی خاندان والے اسے کوئی حیثیت نہیں دیتے تھے۔ اس سے اپنے چھوٹے چھوٹے کام لیتے، جیسے ملازموں یا غریب رشتہ داروں سے لیے جاتے ہیں، اسے خاندان کے متوسلین میں شمار کیا جاتا تھا۔ اس اعتبار سے تھریسی اور اسے اکیلا چھوڑ دینے میں کوئی قباحت نہیں سمجھی جاتی تھی۔ بچپن کے زمانے کی طرح وہ دونوں محل کے بڑے بڑے کمروں میں اکیلے بند ہو جاتے اور باغ میں درختوں کے نیچے گھنٹوں گھومتے پھرتے۔ حقیقت میں وہ اب پرانے کھیل نہیں کھیلتے تھے۔ تھریسی آہستہ آہستہ چلتی رہتی اور گھاس پر اس کا لباس سرسراتا رہتا۔ کومبل شہر کے مالدار نوجوانوں کے سے کپڑے پہنے اس کے ساتھ ساتھ چلتا رہتا اور اپنے ہاتھ سے کبھی جدا نہ ہونے والی لچکدار چھڑی زمین پر مارتا چلتا۔

لیکن تھریسی اب پھر پہلے کی طرح ملکہ بن گئی تھی اور کومبل گر کر اس کا غلام بن گیا تھا۔ یہ درست ہے کہ اب وہ کومبل کو کاٹتی نہیں تھی لیکن وہ کچھ اس انداز سے اس کے ساتھ چلتی کہ کومبل جتنا چھوٹا تھا، اس سے بھی چھوٹا بن جاتا اور دربار کا ایک عصا بردار بن کر رہ جاتا۔ وہ اپنے مزاج کی فوری تبدیلیوں سے اسے اذیت پہنچاتی۔ ابھی اس پر پورا اعتماد ہوتا اور محبت سے پیش آتی اور ابھی سراپا درشتی؛ محض اپنی دل لگی کے لیے۔ جب وہ دوسری طرف دیکھتی تو کومبل کی آنکھیں چمک اٹھتیں اور وہ کنکھیوں سے تھریسی کو دیکھتا اور اس کی ترچھی نظر کاٹنے والی تلوار کی طرح ہوتی اور اس کا ٹھٹھرا ہوا جسم ایک دیدۂ بیدار بن کر غور کرنے لگتا کہ کس صورت سے تھریسی پر غلبہ پا لے۔

گرمیوں کی ایک شام کو چسٹ نٹ کے درختوں کی گھنی چھاؤں میں وہ دونوں دیر سے گھوم رہے تھے۔ ایک ذرا خاموش رہ کر تھریسی نے سنجیدگی سے پوچھا، ''سنو کومبل، میں کچھ تھک سی گئی ہوں۔ کیا کہتے ہو مجھے پہلے کی

طرح اپنی چڈی پر سوار کرنے کے بارے میں؟ یاد ہے نہ تمھیں؟''
وہ ہلکے سے ہنسا، پھر بڑی سنجیدگی سے بولا، ''اگر تم پسند کرو تو۔''
مگر وہ آگے بڑھ گئی یہ کہہ کر کہ ''ٹھیک ہے۔ میں صرف معلوم کرنا چاہتی تھی۔''

وہ پھر ٹہلنے لگے۔ شام ہو رہی تھی اور درختوں کے نیچے سائے گہرے ہوتے جا رہے تھے۔ وہ ایک نوجوان خاتون کا ذکر کر رہے تھے جس نے حال ہی میں شہر کے ایک افسر سے شادی کی تھی۔ جب وہ مڑ کر ایک پگڈنڈی پر پہنچے تو کولمبل ایک طرف کو ہٹ گیا کہ تھریسی آگے نکل جائے، لیکن وہ زور سے اس سے ٹکرائی اور اسے آگے چلنا پڑا۔ پھر وہ دونوں خاموش ہو گئے۔

ایک دم تھریسی اچھل کر کولمبل کی پیٹھ پر سوار ہو گئی اور اس کی تمام پرانی راسخ عادتیں عود کر آئیں۔ بولی، ''چلو سرپٹ بھاگو۔''

اس کی آواز کرخت اور بگڑی ہوئی تھی اور اس میں بچپن کی وہی شدت تھی۔

اس نے کولمبل کے ہاتھ سے اس کی چھڑی چھین لی تھی اور اس کی رانوں پر بے تحاشہ مار رہی تھی۔ اس کے کندھوں کو ہاتھوں میں جکڑے اور کوکھوں کو رانوں میں دبائے وہ اسے درختوں کے اندھیرے سایوں میں دیوانہ وار دوڑا رہی تھی۔ دیر تک وہ اسے چھڑی سے ادھیڑتی اور آگے بڑھاتی رہی۔ کولمبل کے تیز رفتار قدموں کی آواز گھاس میں جذب ہو جاتی تھی۔ کولمبل کے منھ سے ایک لفظ بھی نہ نکلا۔ بری طرح ہانپتا وہ ہمت سے اپنی پھڈی ٹانگوں پر بڑی ساری لڑکی کے گرم بوجھ کو اٹھائے بھاگے جا رہا تھا اور اس کی گدی دبائے جمی ہوئی بیٹھی تھی۔

لیکن جب اس نے چیخ کر کہا، ''بس رک جاؤ۔'' تو وہ نہیں رکا۔ وہ اور بھی تیز بھاگنے لگا جیسے ہمت اور بڑھ گئی ہو۔ اس نے اپنے دونوں ہاتھ پیچھے باندھ رکھے تھے اور تھریسی کی ٹانگوں کو اس نے اس زور سے دبا رکھا تھا کہ وہ کود کر الگ نہیں ہو سکتی تھی۔ گھوڑا اب کنوتیاں دبا کر اُکھڑ گیا تھا اور اپنی مالکہ کو بھگائے لے جا رہا تھا۔ ایکا ایکی اس کی برستی ہوئی چھڑی اور نوچتے ہوئے ناخنوں کی پروا نہ کرتے ہوئے اس نے اس سائبان کا رخ کیا جہاں مالی اپنے اوزار رکھتا تھا۔ اس میں پہنچ کر اس نے تھریسی کو خشک گھاس کے ڈھیر پر پٹخ دیا اور اس پر چڑھ بیٹھا۔ آخر وہ وقت آ ہی گیا جب اس نے تھریسی پر غلبہ پا لینا تھا۔

تھریسی اور بھی زرد پڑ گئی، اس کے لب زیادہ سرخ ہو گئے اور آنکھیں سیاہ تر ہو گئیں۔ پہلے کی طرح اب بھی اس کا طرز عمل تقدس آمیز تھا۔ چند دنوں بعد پھر یہی تماشہ دہرایا گیا۔ وہ کولمبل کی پیٹھ پر کود کر جم گئی، اسے خوب رگیدا اور سائبان میں گھاس کے ڈھیر پر پٹخی گئی۔

جب اور لوگ موجود ہوتے تو کولمبل سے خاصی شرافت سے پیش آتی، جیسے وہ اس کی بڑی بہن ہو۔ وہ بھی مطمئن اور مسکراتا رہتا۔ وہ اب بھی ویسے ہی تھے جیسے چھ سال کی عمر میں، خوف ناک جانوروں کی طرح جنھیں موقعہ ملتے ہی ایک دوسرے کو بھنبھوڑنے میں لطف آتا تھا۔ یہاں صرف نر کو فتح حاصل ہوئی تھی، خواہش نفسانی کے آستانے پر۔

ان کے معاملات محبت بڑے غضب ناک تھے۔ کولمبل کو اپنے کمرے تک آنے کے لیے تھریسی نے پائیں باغ کے چور دروازے کی کنجی دے دی تھی۔ یہ دروازہ سکڑی گلی میں کھلتا تھا جو فصیل کے پاس تھی۔ رات کے وقت کولمبل کو ایک کمرے میں بھی گزرنا پڑتا تھا جو اتفاق سے اس کی ماں کے سونے کا کمرہ تھا لیکن دونوں محبت کرنے والوں نے اس قدر پُرسکون چالاکی سے کام لیا کہ کسی کو ان پر شبہ تک نہیں ہوا۔ دن دہاڑے وہ ملنے کی تدبیریں کر لیتے۔ کولمبل رات کے کھانے سے پہلے محل میں پہنچ جاتا اور تھریسی جو اس کی راہ دیکھ رہی ہوتی، کھڑکی بند کر دیتی تاکہ کوئی انھیں دیکھ نہ لے۔ ان دونوں کی بس ایک یہی خواہش تھی کہ دونوں یکجا ہوں، بیس سال کی عمر کے محبت کرنے والوں کی طرح وہ ناز و نیاز کی باتیں نہیں کرتے تھے بلکہ یہاں ناز ناز سے ٹکراتا تھا۔ اکثر ان میں جھگڑا ہو جاتا اور وہ دھیمی آواز میں ایک دوسرے کو برا بھلا کہتے اور مارے غصے کے لرزتے رہتے کیوں کہ وہ ایک دوسرے کو مار نہیں سکتے تھے اور نہ چیخ چلا سکتے تھے۔

جس شام کا یہ ذکر ہے، اس شام کو کولمبل کھانے سے پہلے آ گیا تھا۔ کمرے میں وہ چونکہ ننگے پاؤں پھر رہا تھا اور کپڑے بھی ہلکے ہی پہنے ہوئے تھا، ایک دم سے اس کے جی میں آ گئی کہ تھریسی کی کمر میں ہاتھ ڈال کر اٹھا لے، جیسے کشتی میں پہلوان کوئی بھر کے اٹھا لیتے ہیں۔

تھریسی نے اس کی گرفت سے آزاد ہونے کی کوشش کی اور بولی، ''چھوڑ دو مجھے۔ تم جانتے ہو کہ مجھ میں تم سے زیادہ طاقت ہے۔ میں تمھیں بری طرح ماروں گی۔''

کولمبل ہلکے سے ہنسا اور سرگوشی میں بولا، ''اچھا تو مجھے مارو۔''

وہ اسے جھنجھوڑ رہا تھا اور نیچے گرانے کی کوشش کر رہا تھا۔ تھریسی نے بھی اسے جکڑا۔ کشمکش کرنے کی خواہش کو آسودہ کرنے کے لیے وہ ایسے کھیل اکثر کھیلا کرتے تھے۔ نتیجہ یہ نکلتا تھا کہ بے دم ہو کر اور تھک کر کولمبل قالین پر ڈھیر ہو جاتا۔ وہ بہت پستہ قد تھا۔ تھریسی اسے اٹھا کر کچل سکتی تھی جیسے کوئی دیونی کسی بونے کو کچل دے۔

لیکن یہاں یہ ہوا کہ تھریسی کا گھٹنا ٹک گیا اور کولمبل نے پھرتی سے اسے گھسیٹ کر چت کر دیا۔ پھر اس پر کھڑے ہو کر فاتحانہ انداز سے بولا، ''دیکھا تم نے، تم مجھ سے زیادہ طاقتور نہیں ہو۔''

مارے غصے کے اس کا رنگ اڑ گیا۔ وہ آہستہ آہستہ اور خاموشی سے اٹھی اور اس سے لپٹ پڑی۔ وہ غصے سے اس قدر کانپ رہی تھی کہ کولمبل کے جسم میں خوف کی رو دوڑ گئی۔ وہ اس کا گلا گھونٹ دینا چاہتی تھی۔ دو ایک منٹ تک دونوں بغیر کچھ بولے الجھتے رہے۔ ان کے سانس پھول گئے اور داؤ پیچ کرنے میں ان کے جوڑ چٹخنے لگے۔ اب وہ کوئی کھیل نہیں کھیل رہے تھے۔ موت کا سرد سانس ان کے گرد منڈلا رہا تھا۔ کولمبل کا سانس اتنا پھول گیا کہ آواز دینے لگا۔ اس ڈر سے کہ کہیں کوئی سن نہ لے، تھریسی نے پوری قوت سے اسے اٹھا کر دے مارا۔ کولمبل کی کنپٹی درازوں والی الماری کے کونے سے ٹکرائی اور وہ فرش پر ڈھیر ہو گیا۔

اپنی سانس ٹھیک کرنے میں تھریسی کو دو چار لمحے توقف کرنا پڑا۔ اس کے بعد اس نے آئینہ کے سامنے کھڑے ہو کر اپنے بال درست کیے، لباس ٹھیک کیا اور اپنے گرے ہوئے حریف کی طرف کوئی توجہ نہیں کی۔ وہ

خود اٹھ سکتا تھا۔ پھر اس نے کولمبل کو پاؤں سے ٹھوکا دیا۔ وہ اس پر بھی نہیں اٹھا تو وہ اس پر جھکی اور بالوں کے لچھوں کے نیچے اس کی گدی میں خنکی دوڑ گئی۔ اس نے دیکھا کہ کولمبل کا چہرہ موم کی طرح زرد پڑا ہوا ہے اور اس کا منھ ٹیڑھا ہو گیا ہے۔ جہاں اس کا سر درازوں والی الماری سے ٹکرایا تھا، وہاں سیدھی کنپٹی میں ایک سوراخ ہو گیا تھا۔ کولمبل مر چکا تھا۔

ڈر کر تھریسی پھر سیدھی کھڑی ہو گئی۔ خاموش کمرے میں آواز سے آپ ہی آپ بولی، ''مر گیا! تو مر ہی گیا۔''

اور جو کچھ ہو چکا تھا، اچانک اس کا احساس ہونے پر وہ گھبرا گئی۔ اس میں شک نہیں کہ چند لمحوں کے لیے اس کے جی میں آئی تھی کہ اسے مار ڈالے، مگر وہ غصے کی خواہش تو ایک حماقت تھی۔ جو بھی لڑتا ہے، وہ اپنے حریف کو مار ڈالنا چاہتا ہے مگر حقیقت میں مار تھوڑی ڈالتا ہے، کیوں کہ مردہ انسان بہت بڑی پریشانی کا باعث بن جاتا ہے۔ نہیں نہیں، میں قصوروار نہیں ہوں۔ میں نے اسے مار ڈالنے کا ارادہ نہیں کیا تھا۔ بھلا اپنے کمرۂ خواب میں! اس کا تو تصور بھی نہیں کیا جا سکتا تھا۔

بے جوڑ فقروں میں وہ باآواز بلند بولتی رہی، ''اچھا یہ قصہ تو ختم ہو گیا۔۔۔ وہ مر گیا۔۔۔ وہ یہاں سے اکیلا باہر نہیں جائے گا۔''

پھر اس کی سرد بے حسی بخار کی سی گرمی میں تبدیل ہو گئی اور یہ گرمی اس کے اندر سے آگ کی ایک لپٹ کی طرح اٹھ کر حلق تک آ گئی۔ اس کے کمرۂ خواب میں ایک مرد کی لاش پڑی ہوئی تھی۔ وہ کیا بتائے گی کہ یہ لاش کہاں سے آئی؟ اس کے پاؤں ننگے کیوں ہیں؟ اس کا لباس پورا کیوں نہیں ہے؟ اور اس کی کنپٹی میں سوراخ کیوں ہے؟ وہ بولا گئی۔

تھریسی نے جھک کر زخم دیکھا۔ لیکن اس کے بے جان جسم پر وہ شدت خوف سے ساکت کھڑی ہوئی تھی۔ اس کے کان میں فرانکوئی کولمبل کی ماں کی آواز آ رہی تھی۔ وہ غلام گردش میں سے گزر رہی تھی۔ اسے کچھ اور آوازیں بھی سنائی دے رہی تھیں۔ قدموں کی 'بولنے کی' شام کو جو دعوت ہونے والی تھی، اس کے اہتمام میں لگے ہوئے لوگوں کی کسی وقت بھی کوئی اسے بلانے آ سکتا تھا، اور یہاں لاش پڑی ہوئی تھی۔ اسے ایک دم سے خیال آیا کہ اس کے عاشق کی لاش کا معاملہ کس قدر سنگین ہے اور ان کے گناہوں کا بوجھ کس قدر بھاری ہے۔

بڑھتی ہوئی پریشانی سے اس کا دماغ چکر کھا گیا۔ وہ اٹھ کر کمرے میں گھومنے لگی۔ وہ اس لاش کو کہیں پھینک دینا چاہتی تھی جو اس وقت اس کے اور اس کے مستقبل میں حائل تھی۔ اس نے کمرے کے سازوسامان کے نیچے جھانک کر دیکھا، کونہ کونہ دیکھا اور اپنی بے بسی پر غصہ سے کانپتی رہی۔ اسے کوئی سوراخ، کوئی شگاف دکھائی نہیں دیا۔ کمرے کی گھات بھی جس میں مسہری لگی ہوئی تھی، زیادہ گہری نہیں تھی۔ الماری بہت تنگ تھی۔ اور یہی وہ کمرہ تھا جس نے ان کی عشق بازی کی پردہ داری کی تھی۔ کولمبل دبے پاؤں آتا، مکاری سے، بلی کی طرح اور اسی طرح لوٹ جاتا۔ ایسے یقین ہی نہیں آ سکتا تھا کہ مرنے کے بعد وہ اس قدر بھاری ہو جائے گا۔

تھریسی کمرے میں دیوانہ وار گھوم رہی تھی، جیسے کوئی گھرا ہوا درندہ راہ فرار کے لیے بے چین ہو، کہ ایک دم سے اس کے دماغ میں ایک بات آئی۔ کیا لاش کو کھڑکی سے باہر نہیں پھینکا جا سکتا؟ لیکن دیر سویر اسے کوئی دیکھ لے گا اور آسانی سے معلوم ہو جائے گا کہ لاش کہاں سے آئی ہے۔ اس پر بھی اس نے پردہ اٹھایا اور کھڑکی میں سے جھانک کر باہر دیکھا۔ اچانک اس کی نظر سامنے نوجوان پر پڑی، وہی احمق نوجوان جو بانسری بجایا کرتا تھا، وہ کھڑکی میں جھکا کھڑا تھا اور حسب دستور اس کا چہرہ وفادار کتے جیسا تھا۔ اس کی بُری شکل کو وہ خوب پہچان گئی تھی۔ اس کی ٹکٹکی اِدھر ہی لگی رہتی تھی، اور اس کی بزدلانہ پرستش اس قدر نمایاں ہوتی تھی کہ وہ اس سے اکتا گئی تھی۔ مگر اس وقت جولیئین کو دیکھ کر وہ کس قدر بناوٹ سے عاری اور محبت سے سرشار ہے، وہ ٹھٹک گئی۔ تھریسی کے زرد چہرے کو ایک مسکراہٹ نے چمکا دیا۔ اس کے بچنے کی صورت نکل آئی تھی۔ اس کا احمق پڑوسی اس سے محافظ کتے کی سی وفاداری سے محبت کرتا تھا۔ اگر اس سے کہا گیا تو اس کی خاطر کوئی جرم کر گزرنے سے بھی انکار نہیں کرے گا۔ اس کے علاوہ وہ اپنے دل اور اپنے جسم سے بھی اس کا صلہ دینے کو تیار تھی۔ اس نے جولیئین سے اب تک اس لیے محبت نہیں کی تھی کہ وہ ضرورت سے زیادہ نیازمند تھا۔ لیکن اب تھریسی اس سے محبت کرنے پر آمادہ تھی بشرطیکہ وہ اس کی خاطر اپنے ہاتھ خون سے رنگے۔ وہ اپنے وعدہ پر قائم رہ کر اور اپنا جسم اسے دے کر اس کا منھ ہمیشہ کے لیے بند کردے گی۔ اس کے سرخ لب ہلکے سے کانپے، جیسے وہ ابھی سے اس کے سہمے ہوئے عشق کا مزہ چکھ رہی ہو۔ اس نئے تجربے میں ایک خاص قسم کی کشش تھی۔

پھر بڑی پھرتی سے اس نے کولمبل کی لاش کو یوں اٹھا لیا جیسے کوئی کپڑوں کی گٹھری ہو اور اسے مسہری پر ڈال دیا۔ اس کے بعد کھڑکی کھول کر اس نے جولیئین کی طرف تین بوسے اچھال دیے۔

۴

جولیئین اس طرح متحرک ہوا، جیسے سوتے میں چل رہا ہو۔ اسے یہ دیکھ کر تعجب نہیں ہوا کہ مسہری پر جو شخص دراز تھا، کولمبل تھا۔ یہ سیدھی اور فطری حقیقت تھی۔ کولمبل کے علاوہ اور کوئی شخص مسہری پر اس طرح کیسے پڑا دکھائی دیتا کہ کنپٹی میں گہرا زخم ہو اور ٹانگیں اس بیہودگی سے چری ہوئی ہوں۔

لیکن تھریسا اس سے کچھ کہہ رہی تھی، کچھ دیر سے کہے جا رہی تھی۔ پہلے تو اس نے سنا ہی نہیں کہ کیا کہہ رہی ہے۔ اس کے الفاظ الجھے ہوئے دماغ میں ناقابل فہم طور پر ٹپک رہے تھے۔ پھر اس کی سمجھ میں آیا کہ وہ اسے ہدایات دے رہی ہے، اور وہ کان لگا کر سننے لگا۔ اسے کسی صورت میں بھی خواب گاہ سے باہر نہیں نکلنا تھا، آدھی رات کے بعد جب گھر خالی ہو جائے اور اندھیرا ہو جائے تو اسے اپنا کام کرنا ہوگا۔ جو دعوت اس کے باپ نے دی تھی، اس کی وجہ سے آدھی رات تک ان کے لیے کچھ بھی کرنا ممکن نہیں تھا۔ لیکن دیکھا جائے تو یہ بھی اچھا ہی ہوا۔ سب کے سب مصروف ہوں گے کہ کسی کو تھریسی کے کمرے تک آنے کا خیال بھی نہیں آئے گا۔ وقت آنے پر جولیئین کو لاش اپنی پیٹھ پر لاد کر زینے سے اترنا ہوگا، اور شارع بوسلیل میں سے گزر کر اسے چشمے میں پھینکنا ہوگا۔

تھریسی نے اس منصوبے کی تفصیل جس اطمینان سے بتائی اس کے پیش نظر اس سے زیادہ آسان کام اور کوئی نہیں ہوسکتا تھا۔

وہ رک گئی۔ پھر اپنے دونوں ہاتھ جولئین کے کندھوں پر رکھ کر پوچھنے لگی، ''سمجھ گئے تم؟ ہم رضامند ہیں نہ؟''

وہ سرتاپا کانپنے لگا۔ ''ہاں جو تم کہوگی، کروں گا۔ میں تمھارے حکم پر چلوں گا۔''

پھر بڑی سنجیدگی سے وہ اس کی جانب جھکی۔ اس کی سمجھ میں نہیں آیا کہ وہ کیا چاہتی ہے، اس لیے وہ خود بولی، ''مجھے پیار کرو۔''

ایک لرزش کے ساتھ اس نے تھریسی کی ٹھنڈی پیشانی پر بوسہ ثبت کیا، اور دونوں خاموش ہو گئے۔

تھریسی نے مسہری کے پردے پھر چھوڑ دیے اور اندھیرے میں چھپی ہوئی ایک آرام کرسی پر بیٹھ کر پہلی بار سستائی۔ جولئین کچھ دیر تک کھڑا رہا، پھر وہ بھی بیٹھ گیا۔ فرانکوئی برابر والے کمرے سے چلی گئی تھی، صرف دھیمی دھیمی آوازیں محل کے باقی حصوں سے آرہی تھیں۔ اندھیرا بڑھ رہا تھا اور کمرہ نیند میں ڈوبا جا رہا تھا۔

کوئی ایک گھنٹہ تک کوئی چیز اپنی جگہ سے نہ ہلی۔ جولئین کے سر میں کوئی چیز بڑے زور سے پھڑک رہی تھی جس کی وجہ سے وہ بات پر دھیان نہیں جما سکتا تھا۔ وہ تھریسی کی خواب گاہ میں تھا، اس احساس سے اسے سرخوشی حاصل ہو رہی تھی۔ پھر ایک دم سے اسے یاد آیا کہ ایک شخص کی لاش کمرے کی گھات میں ان پردوں کے پیچھے پڑی ہوئی ہے جن سے چھو جانے ہی سے اس کے بدن میں بجلی کی رو دوڑ گئی تھی۔ کیا وہ اس بیہودہ ٹھگنے سے محبت کرتی تھی؟ کولمبل کو تھریسی نے مار ڈالا، جولئین نے اس کے اس جرم کو معاف کر دیا۔ جس بات سے اس کا خون کھول رہا تھا، یہ تھی کہ مسہری کی ریشمی چادروں میں سے اسے کولمبل کے ننگے پاؤں دکھائی دے رہے تھے۔ کس قدر خوشی سے وہ اس کو چشمے میں پھینک آئے گا۔ وہ چشمے کی ایک گہری جگہ کو جانتا تھا جو پُل کے اختتام پر تھی۔ اس کے دفع کرنے کے بعد یہ دونوں آزاد ہو جائیں گے اور خوب لطف اٹھا سکیں گے۔ اور اس مسرت کا خیال آتے ہی؛ وہ مسرت جس کا خواب دیکھنے کا خیال بھی وہ آج صبح کو نہیں کر سکتا تھا، جولئین نے اپنے خیال میں مسہری پر ٹھیک اسی جگہ اپنے آپ کو لیٹا ہوا پایا جہاں لاش پڑی ہوئی تھی۔ لیکن وہاں سردی تھی اور اسے ڈر لگنے لگا اور نفرت ہونے لگی۔

اپنی کرسی پر دراز تھریسی بالکل ساکت تھی۔ جولئین کو صرف اس کا تاریک سر دکھائی دے رہا تھا اور کھڑکی کی ہلکی سی روشنی میں اس کا جوڑا نظر آ رہا تھا۔ اس کا چہرہ دونوں ہاتھوں میں چھپا ہوا تھا، اور جس خود فراموشی میں غرق وہ وہاں پڑی ہوئی تھی، یہ بتانا مشکل تھا کہ وہ کیا محسوس کر رہی تھی۔ کیا یہ صرف اس کا جسمانی ردعمل تھا؟ کیا یہ افسوس اور پشیمانی کا وہ دبا اظہار تھا، اس عاشق کے لیے جواب اپنی آخری نیند سو رہا تھا؟ کیا وہ اپنے منصوبے کی آخری تفصیلات طے کر رہی تھی، یا سایوں میں اپنے چہرے کو اس لیے چھپا رہی تھی کہ شدید خوف کی علامات ظاہر نہ ہونے پائیں؟ وہ کچھ بھی اندازہ نہ لگا سکا۔

بوجھل خاموشی میں گھنٹے نے وقت کے آ پہنچنے کا اعلان کیا۔تھریسی اپنی کرسی میں سے آہستہ اٹھی اور سنگھار میز پر جو موم بتیاں رکھی ہوئی تھیں، انھیں روشن کیا۔ ان کی روشنی میں وہ پہلے کی طرح مطمئن، بے نیاز اور قوی دکھائی دے رہی تھی۔ ایسا معلوم ہوتا تھا کہ وہ اس لاش کو بھول گئی ہے جو گلابی ریشمی پردوں کے پیچھے پڑی ہوئی تھی۔ وہ ادھر اُدھر اس عورت کے اطمینان کے ساتھ پھر رہی تھی جو اپنے کمرے کی محفوظ تنہائی میں کسی کام میں مشغول ہو۔ پھر جب اس نے اپنے بال کھولے تو بغیر پلٹ کر دیکھتے ہوئے بولی، ''میں دعوت کے لیے لباس تبدیل کر رہی ہوں۔ اگر کوئی آ جائے تو تم پیچھے گھات میں چھپ جانا۔''

وہ بیٹھا اسے دیکھتا رہا۔ اس کا رویہ ایسا تھا جیسے اپنے عاشق سے مخاطب ہو، گویا جس خون کی سازش میں اس نے جولیئن کو شامل کر لیا تھا، اس نے ان دونوں پرانے آشناؤں جیسے رشتے میں پرو دیا تھا۔

اس نے اپنے ہاتھ اٹھائے اور بال سنوارنے لگی۔ وہ اسے دیکھتا رہا اور کانپتا رہا۔ وہ بے حد پُرکشش دکھائی دے رہی تھی۔ اس کی عریاں پشت اور نازک کہنیاں دل میں کھُبی جا رہی تھیں اور سبک ہاتھ سست رفتاری سے ہوا میں ہل رہے تھے اور بالوں کے چھلوں کو مرتب کر رہے تھے۔ کیا وہ اپنے عشوہ وغمزہ کو ابھی سے اس پر آزمانے لگی تھی، اس کی ہمت بڑھانے کے لیے، یہ دکھانے کے لیے کس نوع کی محبوبہ اسے ملنے والی ہے؟

اس نے ابھی اپنی جوتی پہنی ہی تھی کہ کسی کے قدموں کی چاپ قریب آتی سنائی دی۔

اس نے چپکے سے کہا، ''گھات میں چھپ جاؤ۔''

تیزی کے ساتھ بڑھ کر اس نے کومبل کی اکڑتی ہوئی لاش پر اپنی ابھی اتاری ہوئی تہہ پوشی ڈال دی۔ یہ زیریں لباس ابھی گرم تھا اور اس کے جسم کی خوشبو سے مہک رہا تھا۔

فرانکوئی نے کمرے میں آ کر کہا، ''وہ تمھارا انتظار کر رہے ہیں، بی بی۔''

تھریسی نے اطمینان سے جواب دیا، ''میں آ رہی ہوں۔ تم یہاں موجود ہو تو میرے کپڑے پہنا دو۔''

پردے میں ذرا سی کھلی جگہ تھی، جس میں سے جولیئن انھیں دیکھ سکتا تھا۔ تھریسی کی دیدہ دلیری پر اسے سنسنی آ گئی۔ اس کے دانت اس زور سے بج رہے تھے کہ ان کے شور کو روکنے کے لیے اسے اپنے جبڑے کو اپنے ہاتھ سے پکڑنا پڑا تھا۔ بالکل برابر میں اسے کومبل کا ایک پاؤں نظر آ رہا تھا جو اب برف کی طرح ٹھنڈا ہو گیا تھا، اور تھریسی کے زیر جامہ کے نیچے سے باہر نکلا ہوا تھا۔ کیا ہو اگر فرینکوائی پردے کھینچنے آ جائے اور اس پاؤں سے ٹکرا جائے جو باہر نکلا ہوا تھا، خود اپنے بیٹے کا پاؤں!

تھریسی کہہ رہی تھی، ''ذرا احتیاط سے۔ آہستہ سے اسے پکڑو ورنہ تم پھولوں کو ڈھیلا کر دو گی۔''

اس کی آواز میں ذرا بھی خوف نہیں تھا۔ وہ اب مسکرا رہی تھی، اس لڑکی کی طرح جو ناچ میں جانے پر خوش ہو رہی ہو۔ اس کا لباس سفید ریشم کا تھا جس پر سفید جنگلی گلاب کے پھول بنے ہوئے تھے۔ ہر پھول کے بیچ میں سرخی کا ہلکا سا دھبہ تھا۔ اور جب وہ کمرے کے وسط میں آ کھڑی ہوئی تو پھولوں کا ڈھیر دکھائی دے رہی تھی جس کی سفیدی اس کی عصمت کی علامت نظر آ رہی تھی۔ اس کے عریاں بازوؤں اور گلے کی سفید ریشم کی سفیدی گھل مل

گئی تھی۔

فرانکوئی مطمئن ہوکر بار بار کہے جارہی تھی، ''آہا،تم کتنی اچھی لگ رہی ہو، کتنی خوبصورت!'' پھر بولی، ''ذرا ٹھہرو، تمھیں اپنے بالوں کے لیے گلاب کی شاخ کی ضرورت ہے۔'' یہ کہہ کر اس کی تلاش میں اس نے کمرے میں نظر دوڑائی اور پردوں کی طرف اپنا ہاتھ بڑھایا، گویا بستر میں اسے تلاش کرنا چاہتی ہو۔ جولئین کے منھ سے چیخ نکلتی نکلتی رہ گئی۔ لیکن تھریسی نے بغیر کسی جلدی کے آئینہ میں مسکرا کر دیکھتے ہوئے جواب دیا، ''درازوں والی میز پر دیکھو۔ لاؤ مجھے دو۔ اور میرے بستر کو مت چھونا۔ میں نے اپنی چیزیں اس پر رکھی ہیں، تم سب کو الٹ پلٹ کر دوگی۔''

فرانکوئی نے شاخِ گل کو سر پر جمانے میں مدد دی۔ اس کی ایک شاخ پشت پر بھی آویزاں کی گئی۔ اب تھریسی ذرا سی دیر کے لیے کھڑی اپنے آپ کو طمانیت سے دیکھتی رہی۔ اب اس کی تیاری مکمل ہو چکی تھی اور دستانے پہن رہی تھی۔

فرانکوئی نے خوش ہو کر کہا، ''دیکھو میں تو یہ کہوں گی کہ کلیسا میں بھی کوئی مریم تم سے زیادہ سفید نہیں ہوگی۔''

اس توصیف پر تھریسی کے چہرے پر ایک اور مسکراہٹ آئی۔ اس نے آخری بار اپنے آپ کو دیکھا اور یہ کہتی ہوئی دروازے کی طرف بڑھی، ''میرے ساتھ آؤ۔ نیچے چلتے ہیں۔ موم بتیاں بجھا دو۔''

کمرے میں ایک دم سے اندھیرا پھیل گیا۔ جولئین نے ان کے باہر نکل جانے کے بعد دروازہ بند ہونے کی آواز سنی اور غلام گردش میں تھریسی کے ریشمی لباس کی سرسراہٹ دور ہوتی چلی گئی۔ پیچھے کی طرف گھات میں وہ فرش پر بیٹھ گیا۔ وہاں سے باہر نکلنے کی اس میں ہمت نہیں تھی۔ رات کی تاریکی نے اس کی آنکھوں پر ایک پردہ ڈال دیا تھا لیکن اپنے قریب ننگے پاؤں کی موجودگی اسے اب بھی محسوس ہو رہی تھی۔ پاؤں کی خنکی سارے کمرے میں پھیل گئی تھی۔ وہ اسی طرح دیر تک بیٹھا رہا؛ کتنی دیر تک یہ اسے نہیں معلو، اور الجھے ہوئے خیالات کا اس کے دماغ پر اتنا ہجوم تھا کہ شاید وہ اونگھ گیا تھا۔ اتنے میں دروازہ کھلا۔ ریشم کی ملائم سرسراہٹ سے اس نے جان لیا کہ تھریسی آ گئی۔ وہ اس کے پاس نہیں آئی بلکہ درازوں والی میز پر اس نے کوئی چیز رکھی اور نیچی آواز میں بولی، ''تمھیں کھانا تو نہیں مل سکتا تھا۔۔۔ تمھیں کھانا چاہیے۔ سنتے ہو؟''

ملائم سرسراہٹ پھر سنائی دی اور غلام گردش کی طرف نکلتی چلی گئی۔ جولئین کو غنودگی سے کسی نے جھنجھوڑ کر اٹھا دیا اور وہ اٹھ کھڑا ہوا۔ اسے محسوس ہوا کہ گھات میں اب وہ سانس نہیں لے سکتا۔ بستر کے قریب وہ اب کھڑا ہونا گوارہ نہیں کر سکتا تھا، کو کمبل کے بالکل پاس۔ گھنٹے نے آٹھ بجائے۔ اسے ابھی چار گھنٹے اور انتظار کرنا تھا۔ لہٰذا اس نے کمرے میں ٹہلنا شروع کر دیا، قدم چونک چونک کر رکھتا کہ کوئی سن نہ لے۔

تاروں بھرے آسمان سے آنے والی ملگجی روشنی میں اسے کمرے کے ساز و سامان کے کالے کالے ڈھیر کسی قدر واضح نظر آنے لگے۔ کمرے کے بعض گوشے اندھیرے میں گم تھے۔ صرف آئینہ پرانی چاندی کی

طرح دمک رہا تھا۔ جولئین ڈرنے والا آدمی نہیں تھا، پھر بھی رہ رہ کر اس خواب گاہ میں پسینے کے قطرے اس کے چہرے پر ڈھلک رہے تھے۔ اس کے چاروں طرف کمرے کا سامان کھسکتا اور ڈراؤنی شکلیں اختیار کرتا دکھائی دے رہا تھا۔ تین دفعہ اسے ایسا لگا جیسے کمرے کی گھات سے ٹھنڈے سانس بھرنے کی آواز آرہی ہے۔ انھیں وہ سنتا تو سہم کر رک جاتا۔ پھر جب ذرا غور سے سنتا تو اسے معلوم ہوتا کہ نیچے دعوت میں سے آوازیں آرہی ہیں۔ کبھی موسیقی کی آواز بھی آجاتی یا مہمانوں کی خوش گپیوں کا شور سنائی دیتا۔ وہ اپنی آنکھیں بند کر لیتا اور خواب گاہ کی کال کوٹھری سے اچانک نکل کر کمرۂ رقص کی چکا چوند پیدا کرنے والی روشنی میں اپنے آپ کو پاتا، اور تھریسی اپنے کو ارچتے کی پوشاک میں سجی بنی اپنے ساتھی کی آغوش میں ناز سے مچلتی بل کھاتی قریب سے گزر جاتی۔ سارا محل نشاط آگیں نغموں سے گونج رہا تھا اور وہ اکیلا تھا اور بھیانک کمرے میں خوف سے کانپ رہا تھا۔ ایک لمحہ ایسا آیا کہ وہ جھجک کر پیچھے ہٹا اور خوف سے اس کے بال کھڑے ہو گئے۔ اسے ایسا معلوم ہوا کہ ایک کرسی پر روشنی پڑ رہی ہے۔ جب اس نے ہمت کر کے آگے بڑھ کر اسے چھونا چاہا تو اس نے دیکھا کہ یہ روشنی نہیں بلکہ سفید ساٹن کی انگیا ہے۔ اس نے اسے اٹھالیا اور اپنا چہرہ اس میں غرق کر دیا۔ اس کپڑے کو جوان عورت کی چھاتیوں کے دباؤ نے اور بھی نرم کر دیا تھا۔ اس نے اپنی اذیت کو بھلانے کے لیے اس کے جسم کی خوشبو کو لمبی لمبی سانسوں سے اپنا مشام جاں میں بسانا شروع کر دیا۔

کیسی سرخوشی تھی یہ! وہ دنیا کی ہر چیز سے بے خبر ہو جانا چاہتا تھا۔ وہ کسی مردے کے لیے نہیں جاگ رہا تھا بلکہ محبت کا رت جگا کر رہا تھا۔ وہ کھڑکی قریب گیا اور شیشے پر ماتھا ٹکائے اور انگیا کو ہونٹوں سے ٹکائے اپنی داستان محبت کو شروع سے آخر تک دہرانے لگا۔

سامنے چومک کے اس طرح اسے اپنا کمرہ دکھائی دے رہا تھا۔ اس کی کھڑکی اب بھی کھلی ہوئی تھی۔ یہی وہ جگہ تھی جہاں اس نے طویل راتوں میں نہایت صمیم قلب سے بانسری کے نغمے سنا سنا کر تھریسی کے دل پر فتح حاصل کی تھی۔ اس کی بانسری نے پرستش کے گن گائے تھے اور اپنے محبت کا اقرار ایک شرمیلے عاشق کی طرح اتنی میٹھی اور موثر آواز میں کیا تھا کہ بالآخر تھریسی متاثر ہو گئی تھی اور اس نے مسکرا کر اس کی جانب دیکھا تھا۔ وہ ساٹن جسے وہ چوم رہا تھا، اسی تھریسی کی تھی۔ یہ بھی اس کی ساٹن جیسی جلد ہی کا ایک حصہ تھا جسے وہ اس کے پاس چھوڑ گئی تھی تاکہ انتظار کی گھڑیاں کاٹنے میں، اس سے مدد لے۔ اس کا یہ خواب اس قدر حقیقت بن گیا کہ وہ کھڑکی سے پلٹ کر دروازے کی طرف لپکا، یہ سمجھ کر کہ وہ آگئی ہے۔

کمرے کے سرد ماحول نے ایک بار پھر اسے گھیر لیا اور شکست خواب پر اسے یاد آیا کہ وہ کہاں تھا۔ غصے میں اس نے جی میں ٹھان لی کہ اب میں بالکل نہیں جھجکوں گا، آج ہی رات کو یہاں واپس آؤں گا۔ وہ حد درجہ حسین ہے اور میری محبت حد درجہ تند۔ جن محبت کرنے والوں کو کسی جرم نے ایک دوسرے سے منسلک کر دیا ہو، انھیں اس شدت سے ہم آغوش ہونا چاہیے کہ ان کی ہڈیاں چیخ جائیں۔ ہاں، میں واپس آؤں گا۔ مردے کو چشمے میں پھینک کر ایک منٹ ضائع کیے بغیر میں بھاگ کر واپس آؤں گا۔ اس نے دیوانہ وار ساٹن کی انگیا میں دانت

گڑھو نے شروع کر دیے اور اپنی خواہش کی آہوں کو اس کی شکنوں میں دفن کرنے لگا۔

گھنٹے نے دس بجائے۔ اس نے کان لگا کر سنا۔ اسے محسوس ہوا جیسے وہ سالہا سال سے کمرے میں بند ہے۔ انتظار کرتے کرتے وہ اب بولا گیا تھا۔ روٹی اور پھل قریب رکھے دیکھ کر اس نے کھڑے کھڑے ندیدے پن سے انھیں کھانا شروع کر دیا، مگر پیٹ میں کچھ ایسی تکلیف تھی کہ ختم ہی ہونے میں نہ آتی تھی۔ شاید کھانے سے جسم میں کچھ قوت آ جائے۔ لیکن جب وہ کھا چکا تو اس پر تھکن چھا گئی۔ معلوم ہوتا تھا کہ رات کبھی ختم نہ ہوگی۔ محل کے پرلے سرے سے اب موسیقی کی آواز زیادہ صاف آ رہی تھی۔ کبھی کبھی کمرۂ رقص کے فرش کے تختے ناچ کی لے کے ساتھ دھڑادھڑ اٹھتے۔ پھاٹک پر سے بگھیوں کے روانہ ہونے کا شور سنائی دے رہا تھا۔ دروازے کو جب اس نے نظر جما کر دیکھا تو چابی کے سوراخ میں سے اسے ایک تارہ نظر آیا۔ اس نے اب چھپنے چھپانے کا خیال بھی چھوڑ دیا تھا۔ اگر کوئی اندر آتا ہے تو آیا کرے۔

''نہیں شکریہ فرانکوئی۔'' تھریسی کہہ رہی تھی اور موم بتی ہاتھ میں لیے وہ کمرے میں داخل ہوئی۔ ''میں اپنا لباس خود ہی اتار لوں گی۔ تم جا کر اب سو جاؤ۔ تھک گئی ہو گی تم۔''

یہ کہہ کر اس نے اندر سے دروازے کی چٹخنی لگا لی، اور ہاتھ میں جلتی ہوئی شمع لیے اور لبوں پر انگلی رکھے خاموش رہنے کا اشارہ کرتی دو ایک لمحے تک ساکت کھڑی رہی۔ ناچتے رہنے پر بھی اس کے رخساروں پر ہلکی سی سرخی تک نہیں دوڑی تھی۔ اس نے کچھ نہیں کہا۔ موم بتی سنگھار میز پر رکھ دی اور جولئین کی طرف منھ کر کے بیٹھ گئی۔ آدھے گھنٹے تک اور وہ انتظار کرتے رہے اور ایک دوسرے کو دیکھتے رہے۔

محل کے دروازے بند کیے جا رہے تھے اور محل والے سونے کا انتظار کر رہے تھے لیکن تھریسی، فرانکوئی کی قربت سے پریشان تھی کہ وہ برابر والے کمرے میں ہی موجود تھی۔ چند منٹ تک فرانکوئی کے چلنے پھرنے کی آواز آتی رہی۔ پھر اس کا پلنگ چرچرایا، وہ لیٹ گئی تھی۔ بہت دیر تک وہ کروٹیں بدلتی رہی، جیسے اسے نیند نہ آ رہی ہو۔ بالآخر گہرے اور لمبی سانس بیچ کی دیوار کے اس پار سے سنائی دینے لگی۔

تھریسی نے، جو ابھی تک جولئین کی طرف سنجیدگی سے دیکھ رہی تھی، صرف دو لفظ کہے، ''چلو آؤ۔''

انھوں نے پردے ہٹائے اور کولمبل کی لاش کو کپڑے پہنانے لگے۔ لاش اب اکڑ چکی تھی اور کٹھ پتلی کی طرح بھیانک شکل اختیار کر گئی تھی۔ جب وہ اسے کپڑے پہنا چکے تو دونوں کے ماتھے پسینے سے تر بتر تھے۔

تھریسی نے پھر کہا، ''چلو آؤ۔''

جولئین نے بغیر جھجک کے اور ایک ہی جھٹکے میں کولمبل کے چھوٹے سے جسم کو اٹھا کر اپنے کندھے پر اس طرح ڈال لیا جیسے کوئی قصائی گائے کے بچھڑے کو اٹھا لیتا ہے۔ اس کا اونچا قد آگے جھکا ہوا تھا۔ اور کولمبل کے پاؤں زمین سے کوئی گز بھر اونچے تھے۔

تھریسی نے جلدی سے نیچی آواز میں کہا، ''میں آگے آگے چلتی ہوں۔ تمھاری جیکٹ میں پکڑے رہوں گی۔ آہستہ آہستہ چلنا اور جو میں کہوں وہی کرنا۔''

سب سے پہلے انھیں فرانکوئی کے کمرے میں سے گزرنا تھا۔ یہ اس مہم کا سب سے خطرناک مرحلہ تھا۔ بچتے بچاتے نکل ہی گئے تھے کہ مردے کی ایک ٹانگ کسی کرسی سے ٹکرا گئی۔ اس کی آواز سے فرانکوئی کی آنکھ کھل گئی۔ انھوں نے اسے سر اٹھاتے دیکھا اور بڑبڑاتے سنا۔ وہ بالکل ساکت ہو گئے۔ تھریسی دروازے سے لگ کر کھڑی ہوگئی اور جولئین مردے کے بوجھ تلے جھکا کھڑا رہا اور دونوں کے دل دھڑک رہے تھے کہ اب ماں اٹھ کر انھیں ایسی حالت میں پکڑ لے گی کہ اس کے بیٹے کو چشمے میں پھینکنے لیے جا رہے ہیں۔ یہ قیامت کا لمحہ تھا۔ لیکن پھر فرانکوئی سوگئی اور دونوں ہوشیاری سے کنّی کاٹ کر غلام گردش میں جا پہنچے۔

لیکن ایک اور اندیشہ ان کا منتظر تھا۔ تھریسی کی ماں ابھی تک سوئی نہیں تھیں۔ ان کا دروازہ چوپٹ کھلا ہوا تھا اور کمرے کی روشنی غلام گردش میں پڑ رہی تھی۔ اب نہ تو وہ آگے بڑھ سکتے تھے اور نہ پیچھے ہٹ سکتے تھے۔ جولئین کو یقین تھا کہ اگر انھیں زبردستی لوٹنا پڑا تو فرانکوئی کے کمرے میں کولمبل ضرور اس کی پیٹھ پر سے کھسک کر گر پڑے گا۔ پاؤ گھنٹے تک وہ ساکت و جامد کھڑے رہے اور تھریسی نے بھی ڈرتے ڈرتے ہمت کر کے لاش کو سہارا دیا تاکہ جولئین تھک نہ جائے۔ کچھ دیر بعد روشنی غائب ہوگئی اور دونوں کسی نہ کسی طرح نیچے پہنچ گئے۔ اب وہ بچ نکلے تھے۔

اس رات کو تھریسی نے ایک بار پھر اس بڑے دروازے کو کھولا جو مدتوں سے بند پڑا تھا۔ اور جب جولئین چوک کے وسط میں پہنچ گیا تو اس نے پلٹ کر دیکھا کہ سیڑھیوں پر باہیں عریاں کیے اور سر سے پاؤں تک سفید ناچ کا لباس پہنے کھڑی ہے۔ وہ اس کا انتظار کر رہی تھی۔

۵

جولئین گھوڑے کی طرح خوب مضبوط تھا۔ بچپن میں وہ اپنے گاؤں کے قریب کے جنگلوں میں لکڑہاروں کو لکڑیاں کاٹنے میں مدد کرتا تھا اور درختوں کے لٹھے اپنی کمر پر لاد لیا کرتا تھا۔ لہٰذا کولمبل اس کے لیے ایسے ہلکا تھا جیسے پَر۔ کمر پر لدی ہوئی چھوٹی سی لاش اس کے لیے ایسی ہی تھی جیسے شکار کر کے کوئی پرندہ لٹکا لیا ہو۔ اسے کوئی بوجھ نہیں معلوم ہو رہا تھا۔ لاش کے ہلکے پن، اختصار اور بے بضاعتی پر اسے ایک بیہودہ سی خوشی ہو رہی تھی۔ اب ٹھنگنا کولمبل اس کی کھڑکی کے نیچے سے گزرتے ہوئے اس کی نے نوازی کا مذاق کبھی نہ اڑائے گا۔ سب کے سامنے وہ جولئین پر رکھ رکھ کر فقرے نہیں کسے گا۔ اس خیال نے کہ اس کا خوش نصیب رقیب اب اس کی گرفت میں سرد اور اکڑا ہوا پڑا تھا، اس کی ریڑھ کی ہڈی میں اطمینان کی ایک سنسنی دوڑا دی۔ اس نے جھکولا دے کر لاش کو ذرا اونچا کیا اور دانت بھینچ کر تیز تیز قدموں سے چل پڑا۔

بستی پر اندھیرا چھایا ہوا تھا لیکن چوک میں انسپکٹر پیڈو کی کھڑکی سے روشنی پڑ رہی تھی۔ غالباً انسپکٹر کی طبیعت ناساز تھی۔ پردوں کے پیچھے اس کا پھولا ہوا پیٹ چلتا پھرتا دکھائی دے رہا تھا۔ جولئین چوروں کی طرح ڈر ڈر کر سامنے والے گھروں سے ملا ملا کر آگے بڑھ رہا تھا کہ ایک ہلکی سی کھانسی نے اسے منجمد کر دیا۔ ایک دروازے

کے چھجے کے نیچے سے اس نے وکیل سیورنن کی بیوی کو دیکھا کہ وہ تازہ ہوا کے لیے تاروں کی طرف منھ اٹھائے لمبی لمبی سانس لے رہی تھی۔ یہ تو بڑی بد نصیبی کی صورت تھی۔ عموماً اس وقت رات کو چوک والے سب سوجایا کرتے تھے۔ خوش نصیبی سے سیورنن کی بیوی کے دل میں آ گئی کہ اپنے شوہر کے بستر پر چلی جائے اور وہ اس زور سے خراٹے لے رہا تھا کہ کھڑکی میں سے ان کی آواز بالکل صاف بازار میں سنائی دے رہی تھی۔ جب اس نے کھڑکی بند کر دی تو جولیئن نے جلدی سے چوک کو عبور کر لیا، مگر اسارے وقت انسپکٹر پیڈو کے بے چین سائے پر نظریں جمائے رہا۔

بوسلیل کی تنگ گلی میں اس نے اپنے آپ کو زیادہ محفوظ سمجھا۔ اس گلی کے گھر اس قدر گنجلک اور ایک دوسرے کی طرف جھکے ہوئے تھے اور چڑھائی والی سڑک میں اتنے بل اور موڑ تھے کہ تاروں کی روشنی نیچے تک نہیں پہنچتی تھی۔ زمین کے نزدیک اندھیرے کی موٹی گاد دکھائی دیتی تھی۔ جولیئن کو جب اس گلی میں پناہ مل گئی تو وہ اپنی اس خواہش کو نہ روک سکا کہ دوڑنے لگے، اور وہ ایک دم سے سرپٹ دوڑنے لگا۔ مگر اس نے فوراً سمجھ لیا کہ یہ بڑی خطرناک اور احمقانہ حرکت ہے۔ اس پر بھی وہ اس سے باز نہ رہ سکا۔ اسے اب بھی اپنے پیچھے روشنی، خالی چوک اور وکیل سیورنن کی بیوی اور انسپکٹر پیڈو کی کھڑکیاں رات کے اندھیرے میں یوں چمکتی دکھائی دے رہی تھیں جیسے دو بڑی بڑی آنکھیں اس کا تعاقب کر رہی ہوں۔ اس کے جوتے گلی کے پتھروں پر اس قدر شور مچا رہے تھے کہ وہ سوچنے لگا کہ کوئی اس کا پیچھا کر رہا ہے۔ پھر یکا یک وہ رک گیا۔ تیس گز آگے سے اسے ان افسروں کی آوازیں سنائی دے رہی تھیں جو اپنا کھانا خوب صورت بالوں والی بیوہ کے گھر شارع بوسلیل میں کھایا کرتے تھے۔ انھوں نے اس رات کو ضرورت شراب نوشی کی ہوگی، کیوں کہ ان میں سے ایک کا تبادلہ ہو گیا تھا۔ جولیئن نے سوچا کہ اگر وہ اسی طرح بڑھتے چلے آئے تو ان سے بچنے کی کوئی صورت نہیں رہے گی۔ کوئی اور گلی بھی نہیں پڑتی تھی کہ اس میں چھپ جائے اور اتنا وقت تو تھا ہی نہیں کہ واپس چلا جائے۔ گھبراہٹ میں اس کا دم گھٹنے لگا۔ ان کے ملے ہوئے قدموں کی چاپ اور تلواروں کی جھنکار سنائی دے رہی تھی۔ چند لمحوں تک تو وہ یہ اندازہ بھی نہیں کر سکا کہ یہ شور اس کی طرف آ رہا تھا یا دور جا رہا تھا۔ بہر حال شور رفتہ رفتہ بند ہو گیا۔ اس نے قدرے توقف کیا، پھر فیصلہ کیا کہ آگے چلنا چاہیے، مگر اس طرح کہ جوتوں کی آواز پیدا نہ ہو۔ اگر وہ وقت نکال سکتا تو اپنے جوتے اتار کر ننگے پاؤں چلنا شروع کر دیتا۔

آخر وہ بستی کے پرانے پھاٹک پر نکل آیا۔

وہاں کوئی جنگی چوکی یا پہرہ دار کا اڈا نہیں تھا، لہٰذا وہ آزادی کے ساتھ آگے بڑھ گیا۔ لیکن شارع بوسلیل کی تنگی سے باہر آتے ہی بستی کے باہر ایک دم سے جو کھلی جگہ آ گئی تو اس سے بھی وہ ڈر گیا۔ اس کے سامنے ایک ہلکا نیلا منظر پھیلا ہوا تھا جس میں رات کی ٹھنڈی ہوائیں سانس لے رہی تھیں۔ اسے محسوس ہوا جیسے ایک انبوہ کثیر اس کا انتظار کر رہا تھا اور اپنی سانس اس کے منھ پر چھوڑ رہا تھا۔ لوگ اسے دیکھ لیں گے؟ ایک زبردست شور اٹھے گا اور اسے روک لیا جائے گا۔

بہرحال، اب اس کے سامنے پُل تھا۔ اسے سفید سڑک اور اس کے دونوں طرف کٹہرے کی دیواریں سنگ خارا کی دو مسلسل نیچی نشستوں کی طرح دکھائی دے رہی تھیں۔ لمبی لمبی گھاس میں سے بہتے ہوئے نغمہ طراز چشمے کی خوش آئند موسیقی اسے سنائی دے رہی تھی۔ وہ آگے بڑھا، جھک کر دہرا ہو گیا اور کھلے قطعات سے بچتا بچاتا چلا، تا کہ ان ہزاروں تماشائیوں کی نظروں سے بچا رہے جن کی موجودگی کو وہ اپنے گرد محسوس کر رہا تھا۔ سب سے زیادہ پریشان کن سڑک کا ٹکڑا خود پُل کے کے اوپر تھا جہاں چھپے رہنے کی کوئی جگہ نہ تھی اور پوری بستی اسے دیکھ سکتی تھی، کیوں کہ بستی چشمے کے اوپر ہلالی شکل میں آباد تھی۔ اسے پُل کے اس سرے پر پہنچنا تھا۔ اسی جگہ جہاں سہانی شاموں میں وہ چشمے پر پاؤں لٹکا کر بیٹھا کرتا اور ٹھنڈی ہوا کے گھونٹ پیتا رہتا۔ یہاں چشمہ گہرا تالاب بن گیا تھا جس کی سست رو سیاہ سطح پر چھوٹے چھوٹے تیز گرداب پڑتے اور کسی تیز دھارے کے اندرونی خلفشار کو ظاہر کرتے۔ کتنی ہی بار جولئین وقت گزاری کے لیے پانی میں پتھر پھینکتا رہتا اور جو حباب اٹھتے، ان سے تالاب کی گہرائی کا اندازہ لگا لیا کرتا۔ ارادہ کی آخری کوشش کر کے اس نے پُل کو پار کر لیا۔

ہاں، یہی وہ جگہ تھی۔ جولئین نے اس پتھر کو پہچان لیا جہاں دیر دیر تک بیٹھے رہنے سے پتھر چکنا ہو گیا تھ۔ اس نے کنارے پر سے جھانک کر دیکھا اور پانی کی ہموار سطح میں ننھے ننھے گڑھے پڑتے دیکھے۔ یہی تھی وہ جگہ۔ اس نے اپنا بوجھ اتار کر کٹہرے پر ڈال دیا۔ وہ اپنی اس خواہش کو نہیں ٹال سکا کہ کولمبل کو پانی میں پھینکنے سے پہلے اسے آخری بار اور دیکھ لے۔ اگر ساری بستی کے لوگوں کی نظریں بھی اس وقت اس پر لگی ہوتیں، تب بھی وہ اپنی اس خواہش کی تکمیل سے باز نہ رہتا۔ چند لمحوں کے لیے وہ مردہ شخص کے روبرو رہا۔ کولمبل کی کنپٹی میں جو سوراخ تھا، سیاہ پڑ چکا تھا۔ کہیں دور، سوئی ہوئی بستی میں سے کوئی گاڑی کرخت آواز میں کراہتی ہوئی جا رہی تھی۔ جولئین نے جلدی سے لاش کو دوبارہ اٹھایا اور دھماکے کی آواز سے بچنے کے لیے کٹہرے پر دور تک جھک کر اسے پانی میں چھوڑ دینا چاہا۔ مگر نہ جانے کیسے مرے ہوئے آدمی کے ہاتھوں نے اس کی گردن کو اپنے گھیرے میں لے لیا اور اس زور سے اسے کھینچا کہ وہ آگے کو گرا۔ اسے ایک اعجاز ہی کہنا چاہیے کہ وہ ایک باہر نکلے ہوئے پتھر کو پکڑ کر لٹک گیا۔ کولمبل نے کوشش کی تھی کہ اسے بھی اپنے ساتھ تالاب میں کھینچ لے۔

جب وہ کٹہرے پر دوبارہ بیٹھ گیا تو اسے بڑی کمزوری محسوس ہوئی۔ وہ وہیں بیٹھا رہا، اس کی قوت زائل ہو گئی تھی، اس کی کمر جھک گئی تھی اور ٹانگیں لٹکی ہوئی تھیں۔ یہ بالکل وہی کیفیت تھی جو دیر تک پھرتے رہنے کے بعد آرام کرتے وقت اس کی ہو جایا کرتی تھی۔ اور اس نے پانی کی سست سطح کو دیکھا جو ننھے ننھے گڑھوں سے چمک رہی تھی۔ کولمبل اگرچہ مر چکا تھا، پھر بھی اس نے اس کی گردن کو دبوچ کر اپنے ساتھ پانی میں کھینچ لینا چاہا تھا۔ لیکن اب وہ ساری بات بھولی بسری ہو چکی تھی۔ جولئین نے بستی سے باہر کی ٹھنڈی خوشبو میں لمبی لمبی سانس لیے۔ درختوں کے مخملیں سایوں میں اس کی نظریں چشمے کی چاندی جیسی چمک کے ساتھ بہتی چلی گئیں۔ یہاں ایسا معلوم ہو رہا تھا کہ فطرت اسے سکون پہنچا رہی ہے، لوری دے رہی ہے اور پوشیدہ مسرت بخش رہی ہے۔

پھر اسے تھرلیسی یاد آ گئی۔ وہ اس کا انتظار کر رہی ہو گی، اس کا اسے یقین تھا۔ وہ اسے اب بھی پرانی

سیڑھیوں پر کائی لگے دروازے کی دہلیز میں کھڑی دکھائی دے رہی تھی۔ وہ سفید ریشمی لباس میں، سرخ جگر والے جنگلی گلاب کے پھولوں سے آراستہ سدھ کھڑی تھی۔ لیکن شاید اسے سردی لگنے لگی ہوگی، اس لیے وہ اپنے کمرے میں واپس چلی گئی ہوگی اور وہاں اس کی منتظر ہوگی۔ اس نے دروازہ کھلا چھوڑ دیا ہوگا اور پہلی رات کی دلہن کی طرح مسہری میں دبک گئی ہوگی۔

یہ تصور بڑا شیریں تھا۔ کسی عورت نے یوں اس کا انتظار نہیں کیا تھا۔ چند منٹ میں وہ حسب وعدہ اس کے پاس پہنچ جائے گا۔ لیکن اس کی ٹانگیں سُن ہوئی جا رہی تھیں اور وہ ڈر رہا تھا کہ کہیں نیند اس پر غلبہ نہ پالے۔ کیا اس سب کچھ کے باوجود وہ بزدل تھا؟ اپنے آپ کو ابھارنے کے لیے اس نے اس وقت کی تھریسی کا خیال کیا جب سنگھار میز کے آگے اس نے اپنے کپڑے اتار پھینکے تھے۔ اس نے تھریسی کو بازو بلند کیے دیکھا، اس کی نکیلی چھاتیوں کو دیکھا، اس کی نازک کہنیوں کو دیکھا اور اس کے زرد ہاتھوں کو ہوا میں لہراتے دیکھا۔ اس نے اپنے جذبات کو مہمیز لگانے کے لیے اس کے جسم کی خوشبو کو یاد کیا، اس کی جلد کی نرمی کو یاد کیا اور خائف کر دینے کی حد تک ہیجان انگیز کمرے کو یاد کیا جس میں اسے دیوانہ سرخوشی کا تجربہ ہوا تھا۔ کیا وہ اس سارے شدید جذبے کو تج دینا چاہتا تھا، جواب اسے پیش کیا جا رہا تھا اور جس کا خفیف سا ذائقہ ابھی تک اس کے لبوں پر جل رہا تھا۔ نہیں، بلکہ اگر ٹانگیں اسے اٹھا کر لے چلنے سے انکار کر دیں گی تو وہ گھٹنوں سے گھسیٹ کر وہاں پہنچ جائے گا۔

لیکن لڑائی تو ہاری جا چکی تھی، اور اس کی شکست خوردہ محبت موت کے چنگل میں پھنسی ہوئی تھی۔ صرف ایک احساس اس میں باقی رہ گیا تھا، سو جانے کی، ہمیشہ کے لیے سو جانے کی، نہ رکنے والی خواہش۔ تھریسی کا عکس ماند پڑتا جا رہا تھا۔ ایک زبردست دیوار اونچی ہوتی چلی جا رہی تھی اور اسے تھریسی سے علیحدہ کر رہی تھی۔ اسے اب یقین ہو گیا تھا کہ اگر تھریسی کے کندھے سے اس کی انگلی ہلکے سے بھی چھو جائے تو وہ مر جائے گا۔ اس کی خواہش جھلملا کر بجھ گئی اور موت کی بُو پھیل گئی۔ ان دونوں کے درمیان کسی قسم کی محبت بھی ممکن نہیں تھی۔ اگر اس نے کمرے میں واپس جا کر تھریسی کو اپنے سینے سے لگا لیا تو چھت ان دونوں پر ٹوٹ کر گر پڑے گی۔

نیند، ہمیشہ کی نیند۔ کس قدر خوشگوار ہوگی جب کسی کے اندر کوئی ایسی چیز باقی نہ رہ گئی ہو جس کے لیے جاگا جائے۔ میں کل صبح کو ڈاک خانے میں اپنے کام پر نہیں جاؤں گا، آخر کیا فائدہ؟ میں پھر کبھی بانسری نہیں بجاؤں گا، اپنی کھڑکی میں پھر کبھی نہ بیٹھ سکوں گا۔ تو پھر کیوں نہ ہمیشہ کے لیے سو جاؤں؟ میری زندگی ختم ہو چکی ہے۔ مجھے اب لیٹ جانا چاہیے۔ اس نے دریا کی طرف پھر دیکھا کہ کومبل اب بھی وہاں ہے یا نہیں۔ کومبل بڑا چالاک شخص تھا۔ جب اس نے مجھے اپنے ساتھ کھینچنے کی کوشش کی تو وہ ضرور جانتا ہوگا کہ وہ کیا کر رہا ہے۔

تالاب کی سطح چوڑی اور ہموار تھی۔ کہیں کہیں تیز بھنور پڑ رہے تھے۔ نغمہ طراز چشمہ ملائم موسیقی سنا رہا تھا اور رات کے آسمان کے نیچے دور دور تک پھیلی ہوئی بستی نہایت پُرسکون تھی۔ جولیئن نے تین دفعہ اٹک اٹک کر تھریسی کا نام لیا۔ پھر اپنا سر سینے پر جھکا کر وہ ایک گٹھری کی طرح گر پڑا، اور ایک زوردار دھماکہ ہوا۔ اس کے بعد نغمہ طراز چشمہ لمبی لمبی گھاس میں پھر گاتا چلا گیا۔

جب دو لاشیں پائی گئیں تو سمجھا گیا کہ ان دونوں میں لڑائی ہوئی ہوگی اور ایک مناسب کہانی گھڑ لی گئی۔
جولیئین کولمبل کی تاک میں یہاں چھپا رہا ہوگا تا کہ اس کا مذاق اڑانے کا مزہ اسے چکھائے۔ پھر اس کی کنپٹی پر پتھر مار کر جولیئین نے کولمبل کو مار ڈالا اور پھر تالاب میں گر کر خودکشی کر لی۔ تین مہینے بعد نواب زادی تھریسی مارسینی نے نواب دیتوئل سے شادی کر لی۔ دلہن کا لباس سفید تھا اور اس کے پُرسکون حسین چہرے پر سنجیدگی اور پاکیزگی چھائی ہوئی تھی۔

ایروس ترے تس

ژاں پال سارتر (فرانس)

ترجمہ: شاہد احمد دہلوی

فرانسیسی فلسفی، ڈرامہ نویس، ناول اور افسانہ نگار ژاں پال سارتر (Jean-Paul Sartre) ۱۹۰۵ء میں پیرس میں پیدا ہوئے۔ سارتر نے اپنی ابتدائی تعلیم پیرس ہی میں حاصل کی اور ۱۹۲۹ء میں فلسفہ کی اعلیٰ تعلیم میں وہ میں امتیازات کے ساتھ فارغ ہوئے۔ مدرس کی حیثیت سے اپنی زندگی کا آغاز کیا۔ ۱۹۳۵ء میں جب انھوں نے فرانس کے مشہور رسالے 'La Nouvelle Revue Francais' میں تنقیدی مضامین لکھنے شروع کیے تو ان کی شہرت تیزی سے پھیلنے لگی۔ ۱۹۳۸ء میں سارتر کا پہلا ناول 'La Nausee' شائع ہوا اور ۱۹۳۹ء میں جب جنگ کے شعلے بھڑکے تو وہ فرانسیسی فوج میں شامل ہوگئے اور فرانس کی شکست کے بعد تحریک مزاحمت میں شریک ہو کر خفیہ پرچوں کے لیے مضامین لکھتے رہے۔ فلسفۂ وجودیت کے علاوہ، جس پر ان کی نئی کتابیں اور متعدد مضامین شائع ہوئے ہیں، ان کے ڈراموں نے بھی خاص شہرت حاصل کی۔ زیر نظر کہانی سارتر کی بہترین کہانیوں میں سے ایک شمار کی جاتی ہے جو اپنے انداز اور تکنیک اور موضوع اور کہانی پن کی وجہ سے جدید فرانسیسی ادب میں ایک خاص مقام رکھتی ہے۔

مترجم کا تعارف پہلے پیش کیا جا چکا ہے۔

لوگوں کو اگر دیکھنا ہو تو اونچائی سے دیکھو۔ میں روشنی بجھا کر کھڑکی میں جا کھڑا ہوتا ہوں۔ انھیں کبھی سان گمان بھی نہیں ہوتا کہ تم انھیں اتنے اوپر سے دیکھ رہے ہو گے۔ انھیں تو اپنے اگلے رخوں کا خیال رہتا ہے اور بعض دفعہ پچھلے رخوں کا بھی، مگر ان کا مجموعی تاثر کوئی پانچ فٹ آٹھ انچ کے تماشائیوں کے لیے قائم کیا جاتا ہے۔

بھلا یہ کسی نے کب سوچا ہوگا کہ منڈھی ہوئی ٹوپی ساتویں منزل پر سے کیسی دکھائی دے گی؟ چھپھاتے رنگوں اور ڈبڈباتے کپڑوں سے اپنے سروں اور کندھوں کے تحفظ کی طرف ان کا دھیان نہیں جاتا۔ انھیں یہ نہیں معلوم کہ انسانیت کے اس زبردست دشمن، نچلے پس منظر سے کیسے نمٹا جائے۔ میں کھڑکی کے داسے پر لٹک جاتا ہوں اور ہنسنے لگتا ہوں۔ جس سروقدمی پر انھیں اتنا ناز ہوتا ہے، کہاں غائب ہوجاتی ہے؟ ایسا معلوم ہوتا ہے کہ پٹریوں پر چل کر رہ گئے ہیں اور دو لمبی ٹانگیں کودکر ان کے کندھوں میں سے باہر نکل آئی ہیں۔

ساتویں منزل کا بالاخانہ: مجھے اپنی پوری زندگی بس اسی جگہ بسر کرنی چاہیے تھی۔ اخلاقی فوقیتوں کو مادی علامتوں کے سہارے ابھارنا ہوتا ہے ورنہ سب دھڑام سے نیچے آتی رہتی ہیں۔ لیکن دراصل دوسروں پر مجھے کس قسم کی فوقیت حاصل ہے؟ مقام کی فوقیت، بس اور کچھ نہیں۔ میں نے اپنے آپ کو اس انسان سے اونچا رکھا ہے جو میرے اندر ہے اور میں اس کا مشاہدہ کرتا رہتا ہوں۔ یہی وجہ ہے کہ نوتر دیم کے میناروں، ایفل مینار کے شہ نشینوں، سیکرے کوئر، دلامبر بازار میں اپنی ساتویں منزل، یہ سب مجھے ہمیشہ سے پسند ہیں۔ یہ اعلیٰ درجے کی علامتیں ہیں۔

بعض اوقات مجھے نیچے بازار میں جانا پڑتا تھا، مثلاً دفتر جانے کے لیے۔ میرا دم گھٹنے لگتا تھا۔ لوگوں کو چیونٹیاں تصور کرنا اس وقت زیادہ دشوار ہوجاتا ہے جب وہ اور تم ایک ہی سطح پر ہو۔ وہ تمھیں متاثر کرنے لگتے ہیں۔ بازار میں ایک دفعہ میں نے ایک مرے ہوئے آدمی کو پڑے دیکھا۔ وہ منھ کے بل گرا تھا۔ میں نے اس کی کھلی ہوئی آنکھیں اور پتھرائی ہوئی نظریں اور اس کا سارا خون پھیلا ہوا دیکھا۔ میں نے دل میں کہا، ''یہ کچھ نہیں ہے، گیلے رنگ سے زیادہ اب اس کی حیثیت نہیں ہے۔ لوگوں نے اس کی ناک لال کردی ہے، بس۔'' لیکن میری ٹانگوں اور گردن میں ایک بیہودہ قسم کی ملائمت محسوس ہوئی اور مجھے غش آگیا۔ لوگ اٹھا کر مجھے ایک دوافروش کی دکان میں لے گئے، مجھے تھپڑایا اور کچھ پلایا۔ جی چاہا کہ ان کو مار ڈالوں۔

میں جانتا تھا کہ وہ میرے دشمن ہیں مگر انھیں اس کا علم نہیں تھا۔ وہ ایک دوسرے کو پسند کرتے اور آپس میں ملتے جلتے تھے۔ وہ شاید کبھی کبھی میری دستگیری کرنے پر بھی آمادہ ہوجاتے، یہ سمجھ کر کہ میں بھی انھی جیسا ہوں لیکن اگر انھیں ذرہ برابر بھی حقیقت معلوم ہوجاتی تو وہ میری ٹھکائی کردیتے۔ خیر، آگے چل کر انھوں نے یہی کیا۔ جب انھوں نے مجھے پھانس دیا۔ تھانے میں وہ مجھے دو گھنٹے تک مارتے رہے، انھوں نے میرے منھ پر تھپڑ مارے اور پیٹ میں گھونسے مارے اور میرے ہاتھ مروڑے۔ انھوں نے میرے کولھوں پر سے میری پتلون پھاڑ ڈالی۔ اور آخر میں میری عینک نوچ کر فرش پر پھینک دی اور جب میں چاروں ہاتھ پاؤں پر چل کر عینک ڈھونڈنے لگا تو وہ قہقہے لگاتے رہے اور میرے لاتیں مارتے رہے۔ میں پہلے سے جانتا تھا کہ وہ مار پیٹ کر ہی مجھے چھوڑیں گے۔ میں قوی آدمی نہیں ہوں اور اپنا بچاؤ نہیں کرسکتا۔ ان میں سے بعض میری تاک میں بہت دنوں سے لگے ہوئے تھے۔ ذرا بڑی قسم کے۔ بازار میں مجھ سے ٹکرا جاتے، یہ دیکھنے کے لیے میں کیا کرتا ہوں۔ میں کچھ نہ کہتا۔ یہ ظاہر کرتا جیسے میں کچھ سمجھا ہی نہیں۔ مگر انھوں نے پھر بھی مجھے پھانس لیا۔ مجھے ان سے ڈر لگتا تھا۔ یہ ایک بڑا شگون تھا۔

مگر یہ مت سمجھ لینا کہ ان سے نفرت کرنے کے لیے میرے پاس اس سے زیادہ اہم وجوہ نہیں تھے۔

جہاں تک اس کا تعلق ہے جس دن سے میں نے ریوالور خریدا، سارے کام سدھ ہوتے چلے گئے۔ جب تم اپنے تن پر کوئی ایسی چیز مستقلاً لیے پھرتے ہو جو دھماکہ اور شور پیدا کرسکتی ہو تو تم اپنے آپ کو قوی محسوس کرنے لگتے ہو۔ ہر اتوار کو میں اسے اپنے ساتھ لے جاتا۔ میں سیدھے سبھاؤ اسے اپنی پتلون کی جیب میں ڈال لیتا اور ٹہلنے کے لیے نکل جاتا؛ عموماً کشادہ سایہ دار سڑک پر۔ میں محسوس کرتا کہ وہ کیکڑے کی طرح میری پتلون میں اڑ رہا ہے۔ ران پر ٹھنڈا ٹھنڈا لگتا۔ لیکن میرے جسم سے لگے لگے وہ رفتہ رفتہ گرم ہو جاتا۔ میں کسی قدر اکڑ کر چلتا۔ میں اپنا ہاتھ جیب میں ڈالتا، اور اس شے کو ٹٹولتا۔ ٹھہر ٹھہر کر پیشاب گھروں میں جاتا، ان کے اندر بھی مجھے محتاط رہنا پڑتا کیوں کہ ان میں بھی پڑوسی اکثر موجود ہوتے۔ میں اپنا ریوالور نکالتا، اس کے وزن کا اندازہ کرتا، اس کے سیاہ چوخانہ دار دستے کو دیکھتا، اور اس کے ادھ کھلے پپوٹے جیسی لبلبی کو دیکھتا۔ باہر سے جو لوگ مجھے دیکھتے، یہ سمجھتے کہ میں پیشاب کر رہا ہوں لیکن میں پیشاب خانوں میں کبھی پیشاب نہیں کرتا۔

لوگوں پر گولی چلانے کا خیال ایک رات کو میرے دماغ میں سمایا۔ ہفتے کی رات تھی، میں لی کو لینے نکلا تھا۔ یہ ایک لال بالوں والی عورت ہے جو مونٹ پارنس بازار کے ایک ہوٹل میں کام کرتی ہے۔ میں عورت سے کبھی ہم بستر نہیں ہوا، میں سمجھتا تھا کہ یہ تو میرا الٹ جانا ہوگا۔ اس میں شک نہیں کہ تم ان پر سوار ہوتے ہو لیکن میں نے سنا ہے کہ بالآخر اس مرحلہ میں جیت انھی کی ہوتی ہے۔ میں کسی سے کوئی چیز نہیں مانگتا اور نہ کسی کو کچھ دیتا ہوں۔ یا پھر مجھے کسی ایسی سرد اور نیکوکار عورت سے رجوع ہونا چاہیے جو بڑی نفرت سے اپنے آپ کو میرے حوالے کردے۔ ہر مہینے کے پہلے ہفتہ کو میں لی کو لے کر ہوٹل ڈیوکسنی کے ایک کمرے میں جایا کرتا تھا۔ وہ میرے سامنے اپنے سارے کپڑے اتارتی اور میں اسے چھوئے بغیر دیکھتا رہتا۔ اس رات وہ مجھے نہیں ملی۔ میں نے کچھ دیر اس کا انتظار کیا اور جب وہ نہیں آئی تو میں نے سمجھ لیا کہ اسے زکام ہو گیا ہوگا۔ جنوری کا آغاز تھا اور سردی بہت تھی۔ مجھے اکیلے سے وحشت ہونے لگی، میں تصورات میں کھوئے رہنے والوں میں سے ہوں اور میں نے ان تمام مسرتوں کو تصور کر لیا تھا جو مجھے اس رات حاصل ہونے والی تھیں۔ اودسا بازار میں ایک بھورے بالوں والی عورت تھی۔ اسے میں نے اکثر دیکھا تھا۔ ذرا پختہ عمر کی تھی مگر قوی الجثہ اور گداز۔ پختہ عورتوں کو میں زیادہ حقارت سے نہیں دیکھتا۔ جب وہ کپڑے اتار دیتی ہیں تو دوسری عورتوں سے زیادہ ننگی دکھائی دیتی ہیں۔ مگر میری خواہشوں کا اسے کوئی علم نہیں تھا، اس لیے ایک دم سے جا کر اس سے سوال کرنے میں جھجک رہا تھا۔ یہ بھی ہے کہ میں نئے واقف کاروں کی ایسی زیادہ پرواہ بھی نہیں کرتا۔ ہوسکتا ہے کہ ان عورتوں نے دروازے کے پیچھے کسی ٹھگ کو چھپا رکھا ہو۔ اِدھر تم نے اندر قدم رکھا اور اُدھر اس نے نکل کر تم سے ساری رقم دھروالی۔ اور بڑے خوش نصیب ہو گے جو پٹنے سے بچ جاؤ۔ مگر اس شام کو مجھ میں ہمت عود کر آئی تھی۔ میں نے طے کیا کہ گھر واپس چل کر ریوالور لیا جائے اور قسمت آزمائی کے لیے نکلا جائے۔

لہٰذا پندرہ منٹ بعد جب میں اس عورت کے کوٹھے پر چڑھا تو میرا طمنچہ میری جیب میں موجود تھا اور

مجھے کسی کا خوف نہیں تھا۔ جب اسے قریب سے دیکھا تو وہ خاصی ٹوٹی ہوئی دکھائی دی۔ وہ میری پڑوسن سے ملتی جلتی تھی، پولیس سارجنٹ کی بیوی، جو سڑک پار میرے سامنے رہتی تھی۔ مجھے بڑی خوشی ہوئی کیوں کہ میں بہت مدت سے اسے عریاں دیکھنے کا آرزومند تھا۔ جب سارجنٹ گھر پر نہ ہوتا تو وہ کھلی کھڑکی کے سامنے کپڑے بدلتی اور میں اپنے پردے کے پیچھے چھپا کھڑا رہتا تاکہ اس کی ایک جھلک دیکھ لوں، مگر وہ ہمیشہ کمرے کے پچھلے حصے میں کپڑے بدلتی تھی۔

ہوٹل اسٹیلا میں صرف ایک کمرہ خالی تھا؛ پانچویں منزل پر۔ ہم دونوں اوپر پہونچے۔ عورت ذرا بھاری ڈیل کی تھی، اور ہر سیڑھی پر دم لینے کے لیے رک جاتی۔ میں بالکل ٹھیک تھا، پیٹ تو کچھ ضرور بڑھا ہوا ہے مگر میرا جسم اکہرا ہے، اور میری سانس پھلانے کے لیے پانچ سے زیادہ منزلیں درکار ہوتی ہیں۔ پانچویں منزل پر پہونچ کر اس نے سیدھا ہاتھ اپنے دل پر رکھ لیا اور بری طرح ہانپنے لگی۔ کمرے کی کنجی اس کے بائیں ہاتھ میں تھی۔

اس نے میری طرف دیکھ کر مسکرانے کی کوشش کی اور بولی، ''بڑی لمبی چڑھائی ہے۔'' میں نے کوئی جواب نہیں دیا۔ اس کے ہاتھ سے کنجی لے کر میں نے دروازہ کھول دیا۔ میرا ریوالور میرے بائیں ہاتھ میں تھا اور جیب میں اس کا رخ میں نے سیدھا کر رکھا تھا۔ جب تک میں نے روشنی نہ جلالی، اسے ہاتھ سے نہ چھوڑا۔ کمرہ خالی پڑا تھا۔ سبز صابن کی ایک چھوٹی چوکور ٹکیہ منھ ہاتھ دھونے کے بیسن پر رکھی ہوئی تھی۔ یہ ٹکیہ ایک گاہک کے لیے کافی تھی۔ مجھے ہنسی آ گئی۔ مجھے بھلا طہارت کی چوکیوں اور صابن کی چھوٹی ٹکیوں سے کیا واسطہ۔ میرے پیچھے عورت کھڑی اب بھی ہانپ رہی تھی۔ اس سے مجھ میں ہیجان پیدا ہوا۔ میں پلٹا۔ اس نے اپنے لب میری طرف بڑھا دیے۔ میں نے اسے پیچھے ہٹا دیا اور بولا، ''کپڑے اتارو۔''

ایک گدے دار آرام کرسی موجود تھی۔ میں اس پر اطمینان سے بیٹھ گیا۔ ایسے ہی مواقع پر میرا جی چاہتا ہے کہ میں بھی سگریٹ پیتا ہوتا۔ عورت نے اپنے کپڑے اتار دیے اور رک کر بے اعتمادی سے مجھے دیکھنے لگی۔

کرسی میں پیچھے جھک کر میں نے پوچھا، ''تمھارا نام کیا ہے؟''

''رینی۔''

''اچھا تو رینی جلدی کرو۔ میں انتظار کر رہا ہوں۔''

''تم اپنے کپڑے نہیں اتارو گے؟''

میں نے کہا، ''چلو چلو، تم میری فکر نہ کرو۔''

اس کا زیر جامہ کھسک کر نیچے آ پڑا۔ اسے اٹھا کر اس نے اپنے اور کپڑوں کے ساتھ احتیاط سے ایک طرف رکھ دیا۔

یہ کہہ کر وہ دو ایک قدم میری طرف بڑھی اور کرسی کے ہتھے پر اپنے دونوں ہاتھ ٹکا کر میرے سامنے دو زانو ہونے کی کوشش کرنے لگی۔ میں پھرتی سے اٹھ کھڑا ہوا اور بولا، ''اس قسم کی کوئی بات مت کرو۔''

اس نے حیران ہو کر میری طرف دیکھا۔ ''اچھا تو تم مجھ سے اور کیا چاہتے ہو؟''

''کچھ نہیں۔ بس چلو۔ پھرتی رہو۔ اس سے زیادہ مجھے تم سے کچھ اور نہیں لینا۔''

بڑے بھدے پن سے وہ چلتی پھرتی رہی۔ ننگے ہو کر چلنے میں عورتوں کو جتنی کوفت ہوتی ہے، کسی اور کام میں نہیں ہوتی۔ فرش پر ایڑیاں جما کر چلنے کی انھیں عادت نہیں ہوتی۔ ڈھڈو نے کمان کی طرح جھک کر اپنے ہاتھ لٹکا دیے۔ مجھے بے انتہا لطف آ رہا تھا۔ اطمینان سے آرام کرسی پر بیٹھا ہوا تھا۔ گلے تک پورے کپڑے پہنے، دستانے تک میں نے نہیں اتارے تھے اور یہ پختہ عمر کی عورت سر سے پاؤں تک ننگی میرے حکم پر میرے سامنے چل پھر رہی تھی۔ اس نے میری طرف سر گھمایا اور مجھے پر چانے کے لیے نخرے سے مسکرائی۔

''کیا خیال ہے تمھارا، میں حسین ہوں؟ جو کچھ دیکھ رہے ہو، پسند ہے تمھیں۔''

''تم اس کی فکر نہ کرو۔''

ایک دم سے خفا ہو کر اس نے پوچھا، ''دیکھو جی، کیا تمھارا ارادہ یہ ہے کہ دیر تک تم مجھے یوں ہی چلاتے پھراتے رہو گے؟''

''بیٹھ جاؤ۔''

وہ پلنگ پر بیٹھ گئی اور ہم ایک دوسرے کو خاموشی سے دیکھتے رہے۔ اس کا گوشت قاز کے گوشت جیسا تھا۔ دیوار کی دوسری طرف سے مجھے گھنٹے کی ٹِک ٹِک سنائی دے رہی تھی، اچانک میں نے اس سے کچھ کہا۔

حیا سے اس کا چہرہ سرخ ہو گیا اور دانت پیس کر اس نے کہا، ''حرامی۔''

مگر میں اور زور سے ہنسا تو اس نے اچھل کر اپنی تہہ پوشی کرسی پر سے اٹھالی۔

میں نے کہا، ''ارے او، ابھی ختم نہیں ہوا۔ میں تھوڑی دیر بعد تجھے پچاس فرینک دوں گا۔ مگر مجھے میری رقم کی پوری قیمت ملنی چاہیے۔''

اس نے گھبرا کر اپنا زیر جامہ بھی اٹھالیا۔

''بھر پائی میں، سمجھے، نہ جانے تم مجھ سے کیا چاہتے ہو۔ اور اگر تم مجھے یہاں او پر محض احمق بنانے کے لیے لائے تھے تو۔۔۔''

اب میں نے اپنا ریوالور نکالا اور اسے دکھایا۔ اس نے سنجیدگی سے میری طرف دیکھا اور زیر جامہ کو ہاتھ سے چھوڑ دیا۔

میں نے اس سے کہا، ''چلو گھومو پھرو۔''

پانچ منٹ اور وہ گھومتی پھری۔ اس کے بعد میں نے اسے اپنی چھڑی دی اور اس سے ورزش کرائی۔ بعد میں اسے میں نے پچاس فرینک کا ایک نوٹ دیا۔ اس نے لے لیا۔

میں کہا، ''رخصت۔ جتنی رقم میں نے تمھیں دی ہے، شاید اس سے زیادہ میں نے تمھیں نہیں تھکایا۔''

یہ کہہ کر میں کمرے سے باہر نکل آیا اور وہ کمرے کے بیچ میں ایک ہاتھ میں زیر جامہ اور دوسرے ہاتھ

میں پچاس فرینک کا نوٹ لیے ننگی کھڑی رہ گئی۔ مجھے اس رقم کا افسوس نہیں تھا جو میں نے خرچ کر دی تھی۔ وہ ہکا بکا رہ گئی تھی اور کسی رنڈی کو حیرت میں ڈال دینا کوئی آسان کام نہیں ہوتا۔ سیڑھیاں اترتے ہوئے میں نے سوچا، ''بس یہی میں چاہتا ہوں۔ ان سب کو حیرت میں ڈال دوں۔'' میں خوش تھا بچے کی طرح۔ ہرے صابن کی ٹکیا میں اٹھالایا تھا۔ گھر پہنچ کر گرم پانی کے نل کے نیچے میں اسے اتنی دیر تک ہاتھوں میں گھلاتا رہا کہ وہ ایک پتلی سی تختی بن کر رہ گیا، جیسے پودینے کی مٹھائی کو دیر تک کوئی چوستا رہا ہو۔

لیکن اس رات کو چونک کر میری آنکھ کھل گئی اور میں نے دوبارہ اس کا چہرہ دیکھا۔ اس کی آنکھیں دیکھیں جو میرا ریوالور دیکھ کر اُبل پڑی تھیں، اور اس کا بڑا سا پیٹ جو ہر قدم پر اچھلتا تھا۔

مجھے خیال آیا کہ کس قدر احمق ہوں میں بھی۔ اور مجھے بہت افسوس ہوا۔ جب یہ کاروائی ہو رہی تھی تو مجھے چاہیے تھا کہ میں اسے گولی مار دیتا۔ اس پیٹ کو گولیوں کے سوراخوں سے بھر دیتا۔ اس رات اور اس کے تین راتیں بعد میں نے خواب میں دیکھا اس کی ناف کے گرد چھ چھوٹے چھوٹے سرخ سوراخ بنے ہوئے تھے۔

نتیجہ یہ نکلا میں کہ میں بغیر ریوالور کے اب گھر سے باہر نہیں نکلتا تھا۔ میں ہر شخص کی پیٹھ دیکھا کرتا اور اس کی چال سے اندازہ لگاتا کہ اگر میں اس کے گولی ماروں گا تو وہ کس ڈھنگ سے گرے گا۔ میرا یہ دستور ہو گیا تھا کہ ہر اتوار کو شاتی لت کے آس پاس لگا رہتا۔ ٹھیک اس وقت جب اس کے کلاسیکی ساز ینے ختم ہوتے۔ چھ بجے کے قریب مجھے ایک گھنٹی بجتی سنائی دیتی اور دربان آ کر شیشے کے دروازوں کو کھول کر آنکڑوں میں لگا دیتے۔ یہ ابتدا ہوتی؛ لوگوں کی بھیڑ آہستہ آہستہ باہر نکلنی شروع ہوتی۔ لوگ بہتے چلے آتے، ان کی آنکھوں میں اب بھی خواب بھرے ہوتے، اور ان کے دل حسین جذبات مملو ہوتے۔ ان میں بہت ایسے ہوتے جو حیران ہو کر چاروں طرف دیکھتے۔ بازار انھیں بالکل انجانا دکھائی دیتا ہوگا۔ پھر وہ پُراسرار طریقے پر مسکراتے؛ وہ ایک دنیا سے دوسری دنیا میں جاتے ہوتے۔ اس دوسری دنیا میں، میں ان کا منتظر ہوتا۔ میں اپنا سیدھا ہاتھ اپنی جیب میں گھساتا اور طمنچے کے دستے کو پوری قوت سے اپنی مٹھی میں جکڑ لیتا۔ تھوڑی دیر بعد میں دیکھتا کہ میں ان پر گولیاں چلا رہا ہوں۔ ایک ایک کر کے وہ مٹی کے تودوں کی طرح ڈھیر ہوتے جاتے اور جو مرنے سے بچ رہتے، خوف اور گھبراہٹ میں شیشے کے دروازے توڑ کر تھیٹر میں واپس گھسنے لگتے۔ یہ کھیل بڑا ہیجان انگیز ہوتا۔ جب ختم ہوتا تو میرے ہاتھ بری طرح کانپتے اور اپنی حالت سنبھالنے کے لیے مجھے دری ہر کے ہاں جا کر تیز شراب کا ایک جام پینا پڑتا۔

میں عورتوں کو نہ مارتا۔ میں ان کے گردوں کو اپنی گولیوں کا نشانہ بناتا، یا ان کے ٹخنوں پر گولی مارتا تا کہ وہ ناچنے لگیں۔

میں نے اب تک کوئی فیصلہ نہیں کیا تھا۔ میری قوت فیصلہ نے جواب دے دیا تھا، مگر میں تمام کام کیے جا رہا تھا۔ میں نے چھوٹی چھوٹی تفصیلات سے آغاز کیا۔ گولی چلانے کی مشق کرنے کے لیے میں ایک مشق گاہ میں جانے لگا۔ میرے نشانے بہت اچھے نہیں تھے لیکن انسان تو بہت بڑے ہدف ہوتے ہیں، خصوصاً جب انھیں مارنے میں فاصلہ بالکل ہی نہ ہو۔ اس کے بعد میں نے متعارف ہونے کا انتظام کیا۔ میں نے ایسا دن مقرر کیا جس

دن میرے سارے ساتھی دفتر میں موجود ہوں۔ یعنی پیر کی صبح۔ ان سے ہاتھ ملاتے تو مجھے بڑی نفرت ہوتی۔ ویسے میں ہمیشہ خوش اخلاقی سے ان سے پیش آتا۔ ہاتھ ملانے کے لیے وہ اپنے دستانے اتارتے۔ بڑا ناپاک طریقہ تھا ان کا ہاتھ ننگا کرنے کا۔ دستانے کو پیچھے کی طرف کھینچنا، پھر آہستہ آہستہ انگلیوں پر سے اسے سرکانا اور موٹے جھریوں پڑے ننگے ہاتھ دکھانا۔ میں ہمیشہ اپنے دستانے پہنے رہتا۔

پیر کے دن ہم زیادہ کام نہیں کرتے تھے۔ شعبۂ تجارت کی ٹائپسٹ آ کر ہمیں رسیدیں دے جاتی۔ لیمرسیئر اس سے ہنسی مذاق کی باتیں کرتا، اور جب وہ چلی جاتی تو اس کے عشوہ و انداز کا چرچا ہوتا۔ پھر وہ لنڈ برگ کا ذکر چھیڑ دیتے۔ وہ سب لنڈ برگ کے مداح تھے۔ میں نے ان سے کہا، ''مجھے پسند ہیں یہ کالے سورما۔''

میسی نے پوچھا، ''حبشی؟''

''نہیں، کالے، جیسے کالے جادو میں۔ لنڈ برگ ایک سفید سورما ہے۔ مجھے اس سے کوئی دلچسپی نہیں ہے۔''

بوکسن چڑ کر بولا، ''جاؤ، ذرا جا کر دیکھو، اطلانتک کو پار کرنا کتنا آسان ہے؟''

میں نے انھیں بتایا کہ کالا سورما میں کسے سمجھتا ہوں۔

لمیرسیئر نے کہا، ''دہشت پسند۔''

میں نے کہا، ''نہیں۔ دہشت پسند بھی اپنے طور پر عوام سے محبت کرتے ہیں۔''

''بس تو وہ کوئی دیوانہ ہوتا ہوگا۔''

لیکن میسی جو کچھ پڑھا لکھا تھا، بیچ میں بول اٹھا۔ ''میں سمجھ گیا کس کردار سے تمھارا مطلب ہے۔ اس کا نام ایروس ترتیس ہے۔ وہ شہرت حاصل کرنی چاہتا تھا مگر اس کی سمجھ میں اور تو کوئی بات آئی نہیں، اس نے افی سس کے معبد کو جلا ڈالا، جو دنیا کے سات عجوبوں میں شامل تھا۔''

''اس شخص کا نام کیا تھا جس نے اس معبد کو بنایا تھا؟''

میسی نے کہا، ''مجھے اس کا نام یاد نہیں۔ شاید اس کا نام کوئی بھی نہیں جانتا۔''

''سچ؟ مگر تمھیں ایروس ترتیس کا نام یاد رہا؟ بات یہ ہے کہ اس کے تصورات کچھ زیادہ غلط نہیں ہوتے تھے۔''

گفتگو ان الفاظ پر ختم ہوگئی، مگر میری طبیعت میں سکون ہی رہا۔ جب وقت آئے گا تو انھیں اپنی باتیں یاد آئیں گی۔ میں نے ایروس ترتیس کا ذکر اس سے پہلے نہیں سنا تھا۔ میرے لیے اس کی کہانی ہمت افزا تھی۔ اسے مرے دو ہزار سال سے زیادہ ہو چکے تھے مگر اس کا کارنامہ اب بھی کالے ہیرے کی طرح چمک رہا تھا۔ میں سوچنے لگا کہ میرا حشر مختصر اور المناک ہوگا۔ پہلے تو میں ڈرا مگر پھر اس کا عادی ہوگیا۔ ایک خاص نظر سے دیکھو تو یہ بات بڑی خوفناک نظر آئے گی، لیکن اس کے برعکس یہ بھی ہے کہ گزرتے ہوئے لمحے کو اس سے بے حد قوت اور حسن مل جاتا ہے۔ جب میں اتر کر بازار میں آیا تو میں نے اپنے اندر ایک عجیب قوت محسوس کی، میرے پاس میرا

ریوالور تھا، وہ چیز جو دھماکہ اور شور برپا کرتی ہے۔ لیکن اب میں یقین کی قوت اس سے حاصل نہیں کر رہا تھا بلکہ خود اپنی ذات سے۔ میری ہستی خود ایک ریوالور تھی، ایک تارپیڈو، ایک بم۔ اپنی خاموش زندگی کے اختتام پر ایک دن میں بھی دھماکے کے ساتھ پھٹوں گا اور دنیا کو اس لشکارے سے منور کروں گا جو بجلی کے تار کی طرح مستعجل اور شدید ہوگا۔ اس وقت مسلسل کئی راتوں تک مجھے ایک ہی خواب دکھائی دیتا رہا۔ میں ایک دہشت پسند تھا۔ میں اپنے آپ کو زار کے راستے میں ڈال دیا تھا اور ایک جہنمی آلہ ہمیشہ اپنے ساتھ لیے پھرتا تھا۔ وقت مقررہ پر جلوس گزرا، بم پھٹا اور دھماکے نے ہمیں ہوا میں اچھال دیا، مجھے زار اور اس کے تین سنہری چوٹیوں والے افسروں کو، انبوہ کی نظروں کے سامنے ہم سب کو اچھال دیا۔

اب میں کئی ہفتے دفتر سے غائب رہا۔ سایہ دار شاہراہ پر میں اپنے ہونے والے شکاروں کے درمیان چلتا پھرتا رہتا، یا اپنے کمرے میں مقفل ہو کر منصوبے بناتا رہتا۔ اکتوبر کے شروع میں دفتر والوں نے میری نوکری ختم کر دی۔ میں نے اب اپنا سارا خالی وقت اس خط کے لکھنے میں گزارا جس کی میں نے ایک سو دو نقلیں تیار کیں۔

صاحب!

آپ ایک مشہور آدمی ہیں اور آپ کی کتابیں ہزاروں کی تعداد میں فروخت ہوتی ہیں۔ میں آپ کو بتاتا ہوں کیوں؛ کیوں کہ آپ انسانوں سے محبت کرتے ہیں۔ انسان دوستی آپ کے خون میں رچی ہوئی ہے۔ آپ خوش قسمت ہیں۔ جب آپ لوگوں کے ساتھ ہوتے ہیں تو آپ کا دل کشادہ ہو جاتا ہے۔ جب آپ اپنے جیسا کوئی انسان دیکھتے ہیں تو اسے نہ جانتے ہوئے بھی آپ کے دل میں اس کے لیے ہمدردی پیدا ہو جاتی ہے۔ آپ اس کے جسم کو پسند کرتے ہیں، اس کے اعضا کی ترتیب کی وجہ سے اس کو پسند کرتے ہیں، اس کی ٹانگوں کی وجہ سے پسند کرتے ہیں جو اس کے ارادے کے ساتھ کھلتی اور بند ہوتی ہیں، اور سب سے زیادہ اس کے ہاتھوں کی وجہ سے۔ آپ کو اس لیے خوشی ہوتی ہے کہ اس کے ہر ہاتھ میں پانچ انگلیاں ہوتی ہیں اور ہر انگلی پر وہ اپنے انگوٹھے کو ٹکا سکتا ہے۔ جب آپ کے پاس بیٹھنے والا میز پر سے پیالی اٹھاتا ہے تو آپ بے حد خوش ہوتے ہیں، کیوں کہ پیالی اٹھانے کا ایک انداز ہوتا ہے جو محض انسانی ہوتا ہے، اور اس انداز کو آپ نے اپنی کتابوں میں اکثر بیان کیا ہے۔ بندر سے قدرے سست اور کسی قدر کم پھرتیلا، لیکن ہوتا ہے ذرا زیادہ ذی شعورانہ؟ آپ انسان کے گوشت کو بھی پسند کرتے ہیں، وہ جو اس کی ایک دھج ہوتی ہے جیسے تعلیم مکرر نے اسے بری طرح زخمی کر دیا ہو، ایسا دکھائی دیتا ہوں جیسے ہر قدم اٹھانے پر وہ چلنے کا ڈھنگ دوبارہ ایجاد کر رہا ہو۔ اور اس کی معروف وضع قطع جسے وحشی جانور بھی برداشت نہیں کر سکتے۔ لہذا آپ کے لیے یہ آسان ہو گیا کہ انسان سے خود اسی کے متعلق باتیں کرنے کا مناسب لہجہ آپ دریافت کر لیں۔ ایک شرمیلا لیکن جنونی لہجہ۔ لوگ ندیدوں کی طرح آپ کی کتابوں پر گرتے

ہیں، ایک اچھی سی آرام کرسی میں دراز ہو کر انھیں پڑھتے ہیں۔ وہ ایک عظیم محبت کا تصور کرنے لگتے ہیں، شائستہ اور ناخوش محبت کا، جو آپ نے انھیں دی ہوتی ہے اور جو بہت سی باتوں کا مداوا کر دیتی ہے؛ بدشکل ہونے کا، بزدل ہونے کا، بیوی کی بیوفائی کا، پہلی جنوری کو ترقی نہ ملنے کا۔ اور بڑی رضامندی سے وہ آپ کی تازہ ترین تصنیف کے بارے میں کہتے ہیں، ''یہ ایک اچھا کارنامہ ہے۔''

شاید آپ یہ جاننا چاہتے ہوں کہ وہ آدمی کیسا ہے جو دوسروں سے محبت نہیں کرتا۔ بہت اچھا، تو میں ایک ایسا ہی آدمی ہوں، دوسروں سے میں اس قدر محبت کرتا ہوں کہ عنقریب باہر نکل کر میں ان میں سے نصف درجن کو مار ڈالوں گا۔ شاید آپ متعجب ہوں کہ صرف نصف درجن ہی کیوں؟ اس لیے کہ میرے ریوالور میں صرف چھ کارتوس ہیں۔ درندگی ہے نہ یہ؟ اور پھر ایک ناشائستہ حرکت؟ مگر میں آپ سے کہتا ہوں کہ میں ان سے محبت نہیں کر سکتا۔ میں اچھی طرح سمجھ رہا ہوں، آپ کیا محسوس کر رہے ہوں گے۔ لیکن جو چیز آپ کے لیے دلکش ہے وہی میرے لیے نفرت انگیز ہے۔ آپ کی طرح میں نے بھی لوگوں کو دیکھا ہے کہ آہستہ آہستہ کچھ چبا رہے ہیں، ہر چیز پر ان کی نظر بھی ہے اور کسی اقتصادی پرچے کے صفحے ان کا بایاں ہاتھ الٹتا بھی چلا جا رہا ہے۔ کیا یہ میرا قصور ہے کہ میں انھیں دیکھنے کے بدلے دریائی بچھڑوں کو کھانے میں مصروف دیکھنا زیادہ پسند کرتا ہوں؟ انسان اپنے چہرے کو کسی طرح بدل نہیں سکتا۔ اگر بدلے گا تو چہرہ سازی کا کھیل بن جائے گا۔ جب وہ چباتا ہے منھ بند کر کے، تو اس کے منھ کے گوشے اوپر نیچے ہونے لگتے ہیں۔ اس وقت وہ ایسا لگتا ہے جیسے وہ طمانیت سے اشک زا تحیر میں یکساں تبدیل ہوئے جا رہا ہے۔ مجھے معلوم ہے، آپ اسے روح کی نگہبانی کہتے ہیں لیکن مجھے اس سے متلی ہونے لگتی ہے، نہ جانے کیوں۔ پیدا ہی ایسا ہوا ہوں۔

اگر ہم میں صرف اختلاف مذاق ہوتا تو میں آپ کو زحمت نہ دیتا، لیکن جو بات بھی ہوتی ہے، اس میں یہ معلوم ہوتا ہے کہ آپ میں خوش سلیقگی ہے اور مجھ میں کچھ بھی نہیں ہے۔ میں اس میں آزاد ہوں کہ جانوروں کو پسند کروں یا ناپسند، لیکن اگر میں انسانوں کو ناپسند کروں تو میں ایک بد بخت ہوں جس کے لیے آسمان تلے کوئی جگہ نہیں۔ زندگی کے مفہوم پر انھوں نے قبضہ کر لیا ہے۔ مجھے امید ہے آپ میرا مطلب سمجھ گئے ہوں گے؟ پچھلے ۳۳ سال سے میں ان بند دروازوں کو پیٹ رہا ہوں جن پر لکھا ہوا ہے، ''اگر انسان پسند نہیں ہو تو داخلہ ممنوع ہے۔'' مجھے اپنے تمام ارادوں سے دستبردار ہو جانا پڑا۔ مجھے انتخاب کرنا تھا؛ یا تو یہ ایک بے معنی اور بد انجام کوشش ہے، یا دیر سویر اسے انھیں فائدہ پہنچانا پڑے گا۔ میں اپنی ذات سے ان خیالات کو علیحدہ کرنے میں کامیاب نہیں ہوا جنھیں میں نے صرف ان کے لیے مقدر نہیں کیا تھا

اور نہ ان کے لیے انھیں وضع کیا تھا۔ خفیف عضوی حرکات کی طرح وہ میرے اندر ہی باقی رہے۔ حد ہے کہ وہ اوزار بھی جن سے میں نے کام لیا تھا، میں محسوس کرتا تھا کہ انھی کی ملکیت ہیں۔ مثال کے طور پر الفاظ ہی کو لیجیے۔ مجھے اپنے الفاظ درکار تھے، مگر جو الفاظ میں استعمال کرتا ہوں، نہ جانے کتنے ضمیروں میں گھستے رہے ہیں۔ جو عادتیں میں نے اوروں سے سیکھی ہیں، ان کی بنا پر وہ میرے سر میں مرتب ہوتے ہیں، اور آپ کو لکھنے میں جو میں انھیں استعمال کر رہا ہوں تو جان رکھیے، بے نفرت استعمال نہیں کر رہا۔ مگر یہ آخری بار ہے۔ میں آپ سے کہتا ہوں؛ لوگوں سے محبت کیجیے ورنہ وہ حق بجانب ہوں گے کہ آپ کو چپکے سے کھسک جانے دیں۔ خیر، میں چپکے سے کھسکنا نہیں چاہتا۔ جلدی ہی میں اپنا ریوالور لوں گا، نیچے بازار میں جاؤں گا اور دیکھوں گا کہ کوئی ان کا کیا کر سکتا ہے۔ خدا حافظ، شاید میری ملاقات آپ ہی سے ہو جائے۔ آپ یہ ہرگز نہ جان سکیں گے کہ کس قدر مسرت کے ساتھ میں اپنی گولی سے آپ کا بھیجا اڑا دوں گا۔ اگر ایسا نہ ہوا؛ اور اس کا زیادہ امکان ہے، تو کل کے اخبار پڑھیے۔ ان میں آپ دیکھیں گے کہ ایک شخص نے جس کا نام پال ہل برٹ ہے، جنونی کیفیت میں ایڈگر کوئی نٹ شاہراہ پر چھ گزرنے والوں کو مار ڈالا۔ اخبار کی نثر کی قدر قیمت آپ اوروں سے زیادہ جانتے ہیں۔ اچھا تو آپ سمجھ لیں کہ میں جنونی کیفیت میں نہیں تھا۔ اس کے برعکس مجھ میں کوئی ہیجان نہیں ہے اور میں آپ سے درخواست کرتا ہوں صاحب کہ میرے غیر معمولی احساسات کی یقین دہانی کو آپ قبول فرمائیں۔

پال ہل برٹ

میں نے ۱۰۲ خطوں کو ۱۰۲ الفافوں میں رکھا اور لفافوں پر میں نے ۱۰۲ فرانسیسی ادیبوں کے پتے لکھ دیے۔ پھر میں نے سارا معاملہ اٹھایا اور ٹکٹوں کی چھ کاپیوں کے ساتھ اپنی میز کی دراز میں رکھ دیا۔

اس کے بعد جو دو ہفتے گزرے، ان میں، میں گھر سے بہت کم باہر نکلا۔ میں نے اپنے آپ کو آہستہ آہستہ جرم کے حوالے کر دیا۔ آئینہ میں اپنا عکس دیکھنے کے لیے اکثر جایا کرتا تو اپنے چہرے کی تبدیلیاں دیکھ کر مجھے بہت خوشی ہوتی۔ آنکھیں بڑی ہو گئی تھیں اور ایسا لگتا تھا کہ پورے چہرے کو کھائے جا رہی ہیں۔ عینک کے شیشوں کے نیچے وہ سیاہ اور ملائم رہتیں اور میں انھیں اجرام فلکی کی طرح گھماتا رہتا۔ فنکار یا قاتل کی لطیف آنکھیں۔ مگر مجھے اعتماد تھا کہ قتل عام کے بعد اور بھی پُرعظمت تبدیلی ہو جائے گی۔ میں نے دو حسین لڑکیوں کی تصویریں دیکھی ہیں؛ ان نوکرانیوں کی جنھوں نے اپنی مالکن کو قتل کیا اور لوٹا تھا۔ میں نے ان کی تصویریں پہلے کی بھی دیکھیں اور بعد کی بھی۔ ان کے چہرے خوش نما پتیوں پر شرمیلے پھولوں کی طرح ابھرے ہوئے تھے۔ ان میں سے ستھرے پن، اور اشتہا انگیز شہد کی خوشبو آتی تھی۔ ان دونوں کے بالوں میں بالکل ایک سے گھونگھر بڑی خوشنمائی سے ڈالے گئے تھے۔ گھونگر یالے بالوں سے زیادہ اعتماد ان کے گلوں کی ساخت اور مصور کے ہاں تصویر

کھنچوانے کے انداز سے ہوتا تھا۔ دونوں میں بہنوں جیسی مشابہت تھی جسے دیکھ کر فوراً خون کے رشتوں اور خاندانی وابستگی کا خیال آتا تھا۔ بعد کی تصویر میں ان کے چہرے آگ کی طرح دمک اٹھے تھے۔ ننگی گردنیں ان قیدیوں کی طرح نکل آئی تھیں جن کا سر اڑایا جانے والا ہو۔ ہر جگہ جھریاں، بھیانک جھریاں خوف اور نفرت کی، جھول، گوشت میں سوراخ، جیسے کوئی پنجوں والا درندہ ان کے چہروں پر چلتا رہا ہو۔ اور وہ آنکھیں، ہمیشہ کالی رہنے والی وہ بے گہرائی کی آنکھیں، میری طرح کی۔ پھر بھی وہ ایک دوسرے سے مشابہ نہیں تھیں۔ مشترک جرم کی یاد دونوں کے چہروں پر مختلف اثرات قائم کیے ہوئے تھی۔ میں نے اپنے دل میں کہا، ''جب محض اتفاقی جرم ان یتیموں کے چہروں کو بدل دینے کو کافی ہے تو بھلا اس جرم سے کس قسم کی توقع رکھوں، جسے سرتاسر میں نے سوچا سمجھا ہے اور باقاعدہ مرتب کیا ہے؟'' وہ مجھے اپنے قبضے میں لے لے گا اور مجھ میں جو ضرورت سے زیادہ انسانی بدنمائی ہے، اسے الٹ کر رکھ دے گا؛ ایک ایسا جرم جو مجرم کی زندگی کو کاٹ کر دو ٹکڑے کر دے۔ ایسے وقت ضرور آتے ہوں گے جب انسان پلٹ جانا چاہتا ہوگا مگر ایک چمکیلی چیز تمھارے پیچھے ہوتی ہے جو راستہ روکے ہوتی ہے۔ میں نے صرف ایک گھنٹے کی مہلت چاہی تھی کہ اس سے لطف اندوز ہو سکوں، اس کے کچل دینے والے وزن کو محسوس کر سکوں۔ اب کی دفعہ میں اس کا انتظام کروں گا کہ ہر کام میری مرضی کے مطابق ہو۔ میں نے طے کر لیا کہ قتل کی واردات اوڈیسا بازار کے سرے پر ہوگی۔ لوگوں کی گھبراہٹ سے فائدہ اٹھا کر میں بچ جاؤں گا تاکہ اپنے مردوں کو اٹھاتے رہیں۔ میں بھاگوں گا۔ میں ایڈگر کوئی نٹ کی شاہراہ پار کر جاؤں گا اور جلدی سے دیلامبر بازار میں مڑ جاؤں گا۔ مجھے اپنے مکان کے دروازے تک پہنچنے میں صرف ۳۰ سکنڈ لگیں گے۔ میرا پیچھا کرنے والے ابھی ایڈگر کوئی نٹ کی شاہراہ ہی پر ہوں گے۔ انھیں پتہ بھی نہیں لگے گا کہ میں کدھر نکل گیا۔ کھوج لگانے ہی میں انھیں قطعی ایک گھنٹہ لگ جائے گا۔ میں اپنے کمرے میں ان کا انتظار کرتا رہوں گا اور جب مجھے ان کے دروازہ پیٹنے کی آواز آئے گی تو میں اپنا ریوالور پھر بھر لوں گا اور اپنے منھ میں گولی مار کر مر جاؤں گا۔

اب میں نے ذرا زیادہ مہنگی زندگی گزارنی شروع کر دی۔ دے دن بازار میں ایک ریستوراں کے مالک سے میں نے انتظام کر لیا۔ روزانہ صبح شام وہ ایک ٹرے مجھے اوپر بھیج دیتا۔ لڑکے نے گھنٹی بجائی مگر میں نے دروازہ نہیں کھولا۔ میں نے چند منٹ توقف کیا، پھر آدھا دروازہ کھولا اور دیکھا فرش پر ایک لمبی ٹوکری میں پڑی پلیٹوں میں سے بھاپ اڑ رہی ہے۔

۲۷ اکتوبر کو شام کے چھ بجے میرے پاس صرف ۱۷ فرینک اور ۵۰ سنٹائیم باقی رہ گئے تھے۔ میں نے اپنا ریوالور اور خطوں کا پیکٹ لیا اور نیچے اتر آیا۔ میں نے احتیاطاً دروازہ بند نہیں کیا تاکہ فارغ ہوتے ہی جلدی سے واپس کمرے میں داخل ہو سکوں۔ طبیعت کچھ اچھی نہیں تھی۔ میرے ہاتھ ٹھنڈے تھے اور خون سر کی طرف یلغار کر رہا تھا۔ آنکھیں ٹھہرتی نہ تھیں۔ میں نے دکانوں کی طرف دیکھا، ایکولز کے ہوٹل پر نظر ڈالی، لکھنے پڑھنے کا سامان بیچنے والوں کی ایک دکان کو دیکھا جہاں سے میں اپنے لیے پنسلیں خریدا کرتا تھا۔ میں نے ان میں سے کسی کو نہیں پہچانا۔ میں سوچنے لگا، ''یہ کون سا بازار ہے؟'' مونٹ پارنس کی شاہراہ پر کھوے سے کھوا چل رہا تھا۔ آنے

جانے والوں نے مجھے دھکے دیے، میرے کندھے اور کہنیاں ماریں۔ میں ان کے دھکے کھاتا رہا۔ مجھ میں اتنی طاقت نہیں تھی کہ ان کے درمیان گھس جاتا۔ ایکا ایکی میں نے دیکھا کہ میں اس بھیڑ بھڑ کے عین بیچ میں ہوں، بالکل اکیلا اور بے حقیقت۔ اگر وہ چاہتے تو مجھے بری طرح مار پیٹ سکتے تھے۔ میں ڈر رہا تھا کیوں کہ جیب میں طمنچہ تھا۔ مجھے ایسا معلوم ہوا کہ انھیں اس کا علم ہو جائے گا۔ وہ کڑی نظروں سے مجھے دیکھیں گے اور خوش ہو کر غصے سے کہیں گے، ''اے او۔۔۔ اے۔۔۔'' اور اپنے انسانی پنجوں سے مجھے زخمی کر دیں گے۔ میرا شکار کھیلیں گے۔ وہ مجھے اپنے سروں سے اونچا اچھالیں گے اور میں ان کے بازوؤں میں پھر گڑیا کی طرح آ پڑوں گا۔ میں نے یہ بہتر سمجھا کہ اپنے منصوبے کی تکمیل اگلے دن پر ملتوی کر دوں۔ میں کپول میں جا کر ۱۶ فرینک ۸۰ کا کھانا کھایا۔ ۰ ۷ سنٹائیم میرے پاس بچ رہے تھے۔ انھیں میں نے نالی میں پھینک دیا۔

میں تین دن تک اپنے کمرے میں بند رہا۔ نہ کھایا نہ سویا۔ میں نے اندھیریاں اتار دی تھیں۔ کھڑکی کے قریب جانے یا روشنی کرنے کی مجھ میں ہمت نہیں تھی۔ پیر کے دن کسی نے میرے دروازے کی گھنٹی بجائی۔ میں نے سانس روک لیا اور انتظار کرتا رہا۔ ایک منٹ بعد انھوں نے پھر گھنٹی بجائی۔ میں پنجوں کے بل چل کر دروازے پر گیا اور جالی کے سوراخ سے میں نے اپنی آنکھ لگا دی۔ مجھے صرف کالے کپڑے کا ایک ٹکڑا اور ایک بٹن دکھائی دیا۔ اس شخص نے پھر گھنٹی بجائی اور چلا گیا۔ مجھے معلوم نہ ہو سکا کہ وہ کون تھا۔ رات کو مجھے اچھے اچھے خواب دکھائی دیتے رہے، کھجور کے درخت، بہتا ہوا پانی، گنبد کے اوپر قرمزی آسمان۔ میں پیاسا نہیں تھا، کیوں کہ گھنٹہ گھنٹہ بھر بعد میں نل پر جا کر پانی پی لیتا تھا۔ مگر مجھے بھوک لگ رہی تھی، میں نے رنڈی کو پھر دیکھا کوسں نو آئرز کی گڑھی میں۔ یہ گڑھی میں نے بنائی تھی اور اس کے ساٹھ ساٹھ میل تک کوئی بستی نہیں تھی۔ وہ برہنہ تھی اور میرے ساتھ تنہا۔ ریوالور سے اسے دھمکا کر میں نے اسے مجبور کیا کہ دوزانو ہو جائے اور پھر چاروں ہاتھ پیروں پر بھاگتی پھرے۔ اس کے بعد میں نے اسے ایک ستون سے باندھ دیا اور بہت تفصیل سے یہ بتانے کے بعد کہ میں کیا کرنے والا ہوں، میں نے اسے گولیوں سے چھلنی کر دیا۔ ان خوابوں نے مجھے اس قدر پریشان کیا کہ مجھے اپنے آپ کو مطمئن کرنا پڑا۔ اس کے بعد میں اندھیرے میں بے حس و حرکت پڑ گیا۔ میرا سر بالکل خالی تھا۔ فرنیچر چرچرانے لگا۔ پانچ بجے تھے صبح کے۔ کمرے سے نکل کر بھاگنے کے لیے اپنا سب کچھ دینے کو تیار تھا مگر میں باہر نہیں نکل سکتا تھا کیوں کہ لوگ بازاروں میں چل پھر رہے تھے۔

سویرا ہوا مجھے اب بھوک نہیں لگ رہی تھی۔ مگر مجھے پسینہ آنے لگا۔ میری قمیص چوڑا ہو رہی تھی۔ باہر دھوپ نکلی ہوئی تھی۔ اب میں نے سوچا، ''وہ اندھیرے میں دبکا ہوا ہے، بند کمرے میں۔ تین دن سے اس نے نہ تو کچھ کھایا ہے اور نہ وہ سویا ہے۔ انھوں نے گھنٹی بجائی تو اس نے دروازہ نہیں کھولا۔ جلدی ہی وہ بازار میں آئے گا اور قتل کرنے لگے گا۔''

میں نے اپنے آپ کو خوب ڈرایا۔ چھ بجے شام کو مجھے پھر بھوک نے ستایا۔ میں مارے غصے کے دیوانہ ہو رہا تھا۔ اٹھا اور فرنیچر سے ٹکرایا۔ اور میں نے کمروں، باورچی خانے اور غسل خانے سب کی روشنیاں جلا دیں۔

میں نے چیخ چیخ کر گانا شروع کر دیا۔ ضروریات سے فارغ ہو کر میں باہر نکلا۔ سارے خط لیٹر بکس میں ڈالتے مجھے خاصے دومنٹ لگ گئے۔ دس دس کی گڈیاں بنا کر میں نے انھیں اندر دھکیلا۔ چند لفافے مڑ بھی گئے ہوں گے۔ اس کے بعد شاہراہ مونٹ پارنس پر چلتا ہوا اوڈیسا بازار تک جا پہنچا۔ میں ایک بساطی کی دکان کے سامنے رک گیا اور جب میں نے آئینہ میں اپنا چہرہ دیکھا تو خیال آیا، ''آج رات کو۔''

اوڈیسا بازار کے سرے پر روشنی کے کھمبے کے قریب میں جم کر کھڑا ہو گیا اور انتظار کرنے لگا۔ دوعورتیں ہاتھ میں ہاتھ ڈالے سامنے سے گزریں۔

مجھے سردی لگ رہی تھی لیکن پسینے میں نہا رہا تھا۔ کچھ دیر بعد میں نے تین آدمیوں کو آتے دیکھا۔ میں نے انھیں جانے دیا، مجھے چھ کی ضرورت تھی۔ جو بائیں ہاتھ کو تھا، اس نے میری طرف دیکھا اور زبان چٹخائی۔ میں نے دوسری طرف دیکھنا شروع کر دیا۔

سات بج کر پانچ منٹ پر دو ٹولیاں یکے بعد دیگرے ایڈگر کوئی نٹ کی شاہراہ پر نکل کر آئیں۔ ایک مرد اور ایک عورت تھی دو بچوں کو لیے۔ ان کے پیچھے تین بڑھیاں آ رہی تھیں۔ میں ایک قدم آگے بڑھا۔ عورت غصے میں تھی اور چھوٹے بچے کا بازو پکڑ کر جھنجھوڑ رہی تھی۔ مرد نے بھاری آواز میں کہا، ''کس قدر حرامی ہے یہ۔''

میرا دل اس قدر زور سے دھڑک رہا تھا کہ میرے بازوؤں سے ٹکرا رہا تھا۔ میں آگے بڑھا اور ان کے سامنے جا کھڑا ہوا، بے حس و حرکت۔ جیب میں میری انگلیوں نے لبلبی کو ہلکے سے گھیر رکھا تھا۔

مرد مجھ سے ٹکرا گیا اور بولا، ''معاف کرنا۔''

مجھے یاد آیا کہ میں نے اپنے کمرے کا دروازہ بند کر دیا تھا۔ اس پر میری طبیعت جھنجھلا گئی۔ اس کے کھولنے میں میرا قیمتی وقت ضائع ہو گا۔ لوگ دور ہوتے جا رہے تھے۔ میں پلٹ کر بے ارادہ ان کے پیچھے پیچھے چلنے لگا۔ مگر ان پر گولی چلانے کی خواہش اب مجھ میں نہیں تھی۔ سایہ دار سڑک پر پہنچ کر وہ انبوہ میں گھل مل گئے۔ میں دیوار سے ٹیک لگا کر کھڑا ہو گیا۔ آٹھ اور پھر نو بجنے کی آواز میں نے سنی۔ میں نے دل میں کہا، ''میں ان لوگوں کو کیوں ماروں جو پہلے ہی مر چکے ہیں۔'' اور میرا جی چاہا کہ خوب ہنسوں۔ ایک کتا آیا اور میرے پیروں کو سونگھنے لگا۔

جب وہ بڑے ڈیل ڈول کا آدمی میرے قریب سے گزرا تو میں اچھل کر اس کے پیچھے ہولیا۔ اس کی ٹوپی اور بڑے کوٹ کے کالر کے درمیان مجھے اس کی سرخ گردن کی بٹ دکھائی دے رہی تھی۔ چلنے وہ کچھ اُچکتا تھا اور اس کی سانس پھول رہی تھی۔ بڑا خشک سا دکھائی دیتا تھا۔ میں نے اپنا ریوالور نکالا، وہ سرد اور چمکدار تھا۔ اسے دیکھ کر مجھے نفرت ہوئی، مجھے اچھی طرح یاد نہ آیا کہ مجھے اس سے کیا کرنا تھا۔ کبھی میں اسے دیکھتا اور کبھی اس کی سرخ گردن کو۔ گردن میں جو بٹ تھی، میری طرف دیکھ کر ایسے مسکرائی جیسے کڑوا منھ ہو۔ کچھ غنیمت ہی ہوا کہ میں نے اپنا ریوالور نالی میں نہیں پھینکا۔

اس شخص نے ایکا یکی پلٹ کر خفگی سے میری طرف دیکھا۔ میں پیچھے ہٹ گیا۔

"میں آپ سے پوچھنا چاہتا تھا کہ۔۔۔"

وہ میری بات نہیں سن رہا تھا، میرے ہاتھوں کی طرف دیکھ رہا تھا۔ میں نے بمشکل اپنا فقرہ پورا کیا۔ "گیٹ بازار کو کون سا راستہ جاتا ہے؟"

اس کا منھ پھولا ہوا تھا اور ہونٹ کانپ رہے تھے۔ وہ کچھ نہ بولا۔ اس نے اپنا ہاتھ بڑھایا۔ میں نے اور پیچھے ہٹ کر کہا، "میں چاہتا ہوں کہ۔۔۔"

پھر مجھے معلوم ہوا کہ میں اب چیخنا شروع کر دوں گا۔ مگر میں چیخنا نہیں چاہتا تھا۔ میں نے اس کے پیٹ میں تین گولیاں ماریں۔ احمقوں کا سا چہرہ بنائے وہ لڑکھڑایا اور گھٹنوں کے بل گر گیا، اور اس کا ہاتھ لڑھک کر بائیں کندھے پر آ گیا۔

میں نے کہا، "حرامی۔ پکا حرامی!"

میں بھاگا۔ میں نے اس کی کھانسی کی آواز سنی۔ میں نے اپنے پیچھے شور و غل اور بہت سارے قدموں کی آواز سنی۔ کسی نے پوچھا، "کیا لڑائی ہو رہی ہے؟" پھر اس کے فوراً ہی بعد کسی نے چلانا شروع کیا "قتل! قتل!" میں نے یہ نہیں سوچا کہ شور میرے لیے مچایا جا رہا ہے مگر ان آوازوں میں وہی دہشت تھی جو بچپن میں آگ بجھانے کے انجنوں کی سیٹیوں سے مجھے محسوس ہوتی تھی۔ دہشت انگیز اور کسی قدر مضحکہ خیز۔ میں سرپٹ بھاگا چلا جا رہا تھا۔

مجھ سے بس ایک ناقابل معافی غلطی ہو گئی۔ بجائے اس کے کہ اوڈیسا بازار سے نکل کر ایڈگر کوئی نٹ کی شاہراہ پر پہنچوں، میں الٹا مونٹ پارنس کی شاہراہ کی طرف بھاگ رہا تھا۔ جب مجھے اپنی غلطی کا احساس ہوا تو پانی سر سے گزر چکا تھا۔ لوگوں کی بھیڑ میں، میں گھر چکا تھا۔ متعجب چہرے مجھے تک رہے تھے (مجھے ایک عورت کا چہرہ یاد ہے جس پر رنگ تھپا ہوا تھا اور اس کے سر پر سبز رنگ کی ٹوپی تھی جس میں بگلے کے پَر لگے ہوئے تھے) اور اوڈیسا بازار میں سے میرے پیچھے بھاگنے والے احمقوں کے چیخنے کی آوازیں آ رہی تھیں، "قتل، قتل۔" ایک ہاتھ نے میرا کندھا پکڑا۔ میرے ہوش و حواس اب پراگندہ ہو گئے۔ میں نہیں چاہتا تھا کہ یہ انبوہ مجھے کچل کر مار ڈالے۔ میں نے دو دفعہ گولی چلائی۔ لوگ چیخنے اور بکھرنے لگے۔ میں ایک چائے خانے میں گھس گیا۔ جو لوگ اس میں بیٹھے ہوئے تھے، اچھل پڑے مگر کسی نے مجھے روکنے کی کوشش نہیں کی۔ میں پورے چائے کانے میں سے گزرتا ہوا پیشاب خانے میں گھس گیا اور اندر سے میں نے دروازہ لگا لیا۔ میرے ریوالور میں ابھی ایک گولی باقی تھی۔

ایک لمحہ گزر گیا۔ میری سانس بے قابو ہو گئی تھی اور میں بری طرح ہانپ رہا تھا۔ ہر چیز غیر معمولی طور پر خاموش تھی، جیسے لوگ جان بوجھ کر خاموش ہو گئے ہوں۔ میں طمنچے کو قریب سے دیکھا اور مجھے اس کی نال کا چھوٹا سا سوراخ گول اور کالا نظر آیا۔ گولی اس میں سے نکلے گی۔ بارود میرے چہرے کو جھلس دے گی۔ میں نے اپنا ہاتھ لٹکا دیا اور انتظار کرنے لگا۔ کچھ دیر بعد وہ آ پہنچے۔ فرش پر ان کے پیروں کی کھسکھساہٹ سے اندازہ ہوتا تھا کہ ان کی ایک بھیڑ ہو گی۔ انھوں نے کچھ سرگوشیاں کیں اور خاموش ہو گئے۔ میری سانس اب بھی زور زور سے چل رہی تھی اور مجھے خیال آیا کہ تختہ بندی کی دوسری طرف سے وہ میری سانس کی آواز سن رہے ہوں گے۔ کسی نے آہستہ سے

آگے بڑھ کر دروازے کی ہتھی کو کھڑکھڑایا۔ میری گولی سے بچنے کے لیے وہ دروازے کی آڑ میں چپک کر کھڑا ہوا ہوگا۔ میں اب بھی گولی چلانا چاہتا تھا، مگر آخری گولی میرے لیے تھی۔

میں نے دل میں سوچا، ''کس بات کا انتظار کر رہے ہیں وہ؟ اگر وہ دروازے کو دھکا دے کر فوراً توڑ دیں تو مجھے گولی مار لینے کا بھی وقت نہیں ملے گا اور وہ مجھے زندہ پکڑ لیں گے۔'' لیکن انھیں کوئی جلدی نہیں تھی۔ انھوں نے مجھے دنیا بھر کا وقت دے دیا کہ خودکشی کر لوں۔ ڈر رہے تھے حرامی۔

کچھ دیر بعد کسی کی آواز سنائی دی، ''اچھا تو دروازہ کھول دو، ہم تمھیں کچھ نہیں کہیں گے۔'' پھر خاموشی چھا گئی اور اسی آواز نے کہا، ''تم جانتے ہو کہ تم بچ کر نہیں جا سکتے۔''

میں نے کوئی جواب نہیں دیا۔ میں اب بھی ہانپ رہا تھا۔ اپنے اندر گولی مار لینے کی ہمت بڑھانے کے لیے میں نے دل میں کہا، ''اگر انھوں نے مجھے پکڑ لیا تو ماریں گے، شاید مارتے مارتے میری آنکھیں پھوڑ دیں۔'' میں یہ جاننا چاہتا تھا کہ وہ فربہ شخص مر گیا تھا یا نہیں۔ شاید میں نے اسے صرف زخمی ہی کیا ہو، اور ہوسکتا ہے کہ بعد کی دونوں گولیاں کسی کے نہ لگی ہوں۔ وہ کچھ اور کارروائی کر رہے تھے، کسی بھاری چیز کو فرش پر سے گھسیٹ کر لا رہے تھے۔ میں نے جلدی سے طمنچے کی نال اپنے منھ میں رکھ لی اور زور سے اسے اپنے دانتوں میں دبایا۔ مگر میں گولی نہیں چلا سکا۔ لبلبی تک پر اپنی انگلی نہ رکھ سکا۔ چاروں طرف موت کا سا سناٹا تھا۔

میں نے ریوالور پھینک دیا اور دروازہ کھول دیا۔

ایک مسئلہ دو چہرے

ہائنرخ بوئل (جرمنی)

ترجمہ: تصدیق سہاروی

ہائنرخ بوئل، Heinrich Theodor Boll (۲۱ دسمبر ۱۹۱۷ء-۱۶ جولائی ۱۹۸۵ء) جرمنی کے مابعد جنگ عظیم دوم ادیب ہیں۔ انھیں ۱۹۷۲ء میں نوبل انعام برائے ادب سے نوازا گیا۔

میں بندرگاہ پر کھڑا دریائی پرندوں کو گھور رہا تھا۔ پرندے سمندر میں غوطہ لگا کر پنکھ پھیلاتے اور پانی کے قطروں کو جھاڑ دیتے۔ پرندوں کے علاوہ کوئی دوسرا جانور نظروں کی گرفت میں نہیں آ رہا تھا۔

پانی کی چادر پر تیل کے دھبے تیر رہے تھے، پانی ہریالا ہو گیا تھا۔ دور دور تک کوئی جہاز نظر نہیں آ رہا تھا۔ کرینوں (Cranes) پر کائی جمی ہوئی تھی۔ ان پر یتیمی برس رہی تھی، مال گودام خالی تھے۔ زمین و دیوار تنی خستہ تھیں کہ چوہے تک نظر نہیں آ رہے تھے۔ پورا منظر اجنبی اور زندگی سے عاری تھا۔ میرے علم میں تھا کہ اس بندرگاہ کا رشتہ برسوں سے بیرونی ممالک سے ٹوٹ چکا تھا۔

چڑیا پانی میں غوطہ مارتی، آسمان کی طرف جاتی، پر پھڑ پھڑاتی، قطرے ٹپکاتی اور پھر پانی میں غوطہ مار جاتی، وہ یہ عمل بار بار دہرا رہی تھی۔ ہر غوطہ کے بعد وہ آسمان کی طرف دیکھتی اور پر پھیلا کر بلند ہو جاتی جیسے اپنے ساتھی کی تلاش میں ہو۔

میرا جی چاہا کہ روٹی مل کر چڑیوں کی طرف پھینکوں مگر روٹی میری محرومی تھی، میں بھوکا اور تھکا تھا، میں نے ہاتھوں کو خالی جیب میں چھپا لیا اور ایک گہری سانس کے ساتھ سارے غم پیٹ میں اتار لیے۔

کسی نے میرے کاندھے پر ہاتھ رکھا، میں نے مڑ کر دیکھا۔ یہ پولیس مین تھا۔ میں نے کاندھوں کو

سکوڑ کر اس کی گرفت سے نکلنا چاہا۔

''کامریڈ!'' وہ بولا اور اپنی گرفت مضبوط کر لی۔

''پولیس افسر۔''

''یہاں کوئی افسر نہیں ہے، ہر شخص کامریڈ ہے۔''

''میرا قصور کیا ہے؟''

''قصور؟'' وہ مسکرا کر بولا، ''تم غمگین نظر آ رہے ہو؟''

میں بے ساختہ ہنس دیا۔

''ہنسنے کی کیا بات ہے؟'' پولیس مین کا چہرہ لال ہو گیا۔ میں نے سوچا وہ اس سنسان بندرگاہ پر ڈیوٹی کرتے کرتے بیزار ہو گیا ہے۔ اب تک اسے کوئی ملزم نہیں ملا ہے۔ سمندر کے کنارے کوئی آوارہ عورت بھی نہیں ہے، نہ کوئی شرابی گندے پانی میں لوٹتا نظر آیا ہے، نہ کوئی جیب کترا ہاتھ لگا ہے مگر میں نے محسوس کیا کہ وہ مجھے قہر آلود نظروں سے گھور رہا ہے۔ اس کا مطلب ہے وہ مجھے گرفتار کرنا چاہتا ہے۔ چشم زدن میں اس نے میرے ہاتھوں میں ہتھکڑیاں پہنا دیں۔ لوہے کی چٹر پٹر سے مجھے ہوش آیا، مجھے محسوس ہوا جیسے میں واقعی آوارہ اور غنڈہ ہوں۔ میں نے چڑیوں پر اچٹتی ہوئی آخری نظر ڈالی، چڑیاں پر پھیلائے آسمان کی طرف پرواز کر رہی تھیں۔ میں نے سمندر کی طرف دیکھا اور ایک قدم بڑھا دیا۔ اب میں پولیس کے شکنجہ میں تھا۔ اب مجھے کافی مارا پیٹا جائے گا، پھر کسی اندھیری کوٹھری میں دھکیل دیا جائے گا۔ کیا ہی بہتر ہو جو مجھے سمندر میں پھینک دیا جائے۔

میں یہ سوچ ہی رہا تھا کہ پیچھے سے دھکا لگا۔ میں بے اختیار کئی قدم آگے بڑھتا گیا۔

''میرا جرم کیا ہے جناب؟'' میں نے ہکلاتے ہوئے پوچھا۔

''تمھیں نہیں معلوم کہ یہ قانون پاس ہو چکا ہے کہ ہر شخص کو ہر وقت خوش و خرم نظر آنا چاہیے؟''

''میں تو خوش و خرم ہوں۔'' میں نے پوری طاقت سے اپنی آواز میں شگفتگی بھرتے ہوئے کہا۔

''جھوٹ!''

''مگر میں نے پہلے کبھی نہیں سنا کہ ایسا قانون پاس ہو چکا ہے۔''

''کبھی نہیں سنا! چھتیس گھنٹے ہو چکے قانون پاس ہوئے، چوبیس گھنٹہ کے اندر ہر قانون پر نفاذ شروع ہو جاتا ہے۔''

''مگر مجھے اس کی کوئی خبر نہیں۔''

''ہر اخبار میں خبر چھپ چکی ہے۔ لاؤڈ سپیکروں میں اعلان کر دیا گیا۔ کامریڈ! تم چھتیس گھنٹے سے کیا بیہوش تھے؟''

اب وہ مجھے گھسیٹ رہا تھا۔ میں سردی کی تیزابیت اور بھوک کی تلخی میں جکڑا ہوا تھا۔ میں نے اپنا جائزہ لیا، کپڑے پھٹ چکے تھے، حجامت بڑھی ہوئی تھی اور قانون یہ تھا کہ ہر کامریڈ کو صاف ستھرے کپڑے پہننا چاہیے۔

سڑک پر ہر شخص شگفتگی کا نقاب پہنے چلا جا رہا تھا۔ جیسے ہی کسی راہرو کی نظر پولیس مین پر پڑتی، اس کا چہرہ شگفتگی کا منبع بن جاتا لیکن ہر شخص برق رفتاری سے راستہ طے کر رہا تھا اور ایسا ظاہر کر رہا تھا جیسے کام ختم کر کے شاداں وفرحاں گھر لوٹ رہا ہے۔ میں نے یہ بھی محسوس کیا کہ ہر راہرو پولیس اور مجھ سے دور رہ کر گزرنے کی کوشش کرتا ہے۔ اس کی کوشش ہوتی ہے کہ سڑک کے پہلے موڑ پر ہم سے دور چلا جائے۔

ہم نے ایک سڑک پار کی اور اچانک ایک ادھیڑ عمر کے آدمی کا سامنا ہو گیا۔ وہ اسکول ٹیچر معلوم ہوتا تھا۔ ہم اچانک اتنے نزدیک پہنچ گئے تھے کہ اس کا ہم سے بچ کر نکلنا ناممکن ہو گیا۔ قانون کے مطابق اس نے کانسٹبل کو عزت واحترام کے ساتھ سلام کیا اور فرض کے طور پر میرے چہرے پر تین بار تھوکا اور بلند آواز سے پکارا، ''خنزیر، بے غیرت، دشمن قوم۔'' میں دیکھ رہا تھا کہ اس عمل کو پورا کرنے میں اس کا حلق خشک ہوا جا رہا تھا۔ میں نے بھی قانون کے احترام کے بطور اپنی پھٹی ہوئی آستین سے چہرہ صاف کر لیا۔

میری پشت پر ایک ضرب لگی اور گرج دار آواز سے میرے کان بھر گئے۔ ''پہلی چوٹ پہلا قدم۔'' واقعی یہ ضرب اس سزا کا پہلا قدم تھا جو میں بھگتنے جا رہا تھا۔

تیز تیز قدم اٹھاتا اسکول ماسٹر ایک طرف چلا گیا۔ باقی راستہ خالی برتن کی طرح تھا۔

ہر شخص دور سے گزرنے کی کوشش میں تھا۔ میں اس جگہ پہنچ گیا جہاں لے جایا جا رہا تھا، ایک بگل کی آواز میرے کانوں میں آئی۔ یہ مزدوروں کے لیے سگنل تھا کہ کام ختم کر کے ہاتھ منھ دھولو اور قانون کے مطابق ہشاش بشاش اور مطمئن نظر آنے لگو تاکہ ہر دیکھنے والا کہہ سکے کہ مزدور کام سے چھوٹ کر خوش ہو رہے ہیں۔ ضرورت سے زیادہ مسرت کا اظہار نہیں ہونا چاہیے۔ انتہائی مسرت کا اظہار صبح کے وقت کیا جاسکتا ہے تاکہ معلوم ہو کہ ہر مزدور کام پر جاتے وقت کتنا خوش وخرم ہوتا ہے۔ راستے میں مزدوروں کے فیکٹری سے باہر آنے سے دس منٹ قبل بگل بجتا تھا۔ اگر بگل بجتے ہی وہ باہر آ جاتے تو ہر مزدور کو قانون کے احترام میں میرے منھ پر تین بار تھوکنا پڑتا اور گالی کے ساتھ 'قوم دشمن' کا نعرہ لگانا پڑتا۔

جہاں میں لایا گیا، وہ لال زینوں کا معمولی مکان تھا۔ سب سے پہلے پہرے پر کھڑے ہوئے دو کانسٹبلوں نے اپنی رائفل کے کندھے سے میری پشت پر چوٹ ماری۔ اندر کے کمرے میں ایک بڑی سی میز تھی، اس پر ٹیلی فون رکھا تھا۔ میز کے پاس دو کرسیاں تھیں اور کمرہ خالی تھا۔ مجھے کمرے کے وسط میں کھڑا کیا گیا۔ میز کے ایک کونے پر فولادی خول پہنے کوئی شخص بیٹھا تھا۔ ایک شخص پشت کے دروازے سے نمودار ہوا اور خاموشی سے دوسری کرسی پر بیٹھ گیا، یہ بھوری وردی پہنے تھا۔

اب پولیس کی تفتیش شروع ہوئی۔

''تمھارا پیشہ؟''

''نظروں کے سامنے ہے کامریڈ۔''

''تاریخ پیدائش؟''

''یکم جنوری ۱۹۰۱ء''

''ذریعۂ معاش؟''

''قید خانہ۔''

''کہاں اور کتنے دن کی؟''

''جیل نمبر ۱۲، کوٹھری نمبر ۱۳، کل رہائی ملی ہے۔''

''رہائی کے احکامات!''

''جیب میں۔'' کاغذات جیب سے نکال کر پیش کر دیے۔

''جرم کیا تھا؟''

''خوش وخرم دیکھا گیا تھا۔''

دونوں افسروں نے ایک دوسرے کی طرف دیکھ کر حکم دیا، ''صاف صاف بولو۔''

''جناب ایک افسر کے انتقال پر حکومت نے فرمان جاری کیا تھا کہ ہر شخص غمگین نظر آئے اور پورے ملک میں سوگ منایا جائے۔ ایک پولیس مین نے مجھے پکڑ لیا اور الزام عائد کیا کہ میرے آنسو ہنسی کے ہیں اور میرا چہرہ خوش وخرم نظر آرہا ہے۔''

''کتنی مدت کی سزا ہوئی؟''

''پانچ سال کی۔''

تفتیش ختم ہو چکی تھی۔ بہت سے کانسٹبلوں نے حملہ کر دیا، کافی مار پیٹ کی گئی اور پھر دس سال کی سزا کا حکم سنا دیا گیا۔ میں نے سوچا ہے جب جیل سے باہر آؤں گا تو چہرہ وہیں دفن کر آؤں گا۔

گیدڑ اور عرب

فرانز کافکا (جرمنی)

ترجمہ: مقبول ملک

فرانز کافکا (۳ جولائی ۱۸۸۳ - ۳ جون ۱۹۲۴ء) کے اثرات سے نہ صرف مغربی ادب متاثر ہوا بلکہ مشرق میں بھی اس کا بول بالا رہا ہے۔ اردو میں بھی ان کے فکشن سے پوری ایک کھیپ متاثر ہوئی ہے۔ اردو میں ان کی کہانیاں ترجمہ ہو چکی ہیں، اردو تنقید میں بھی ان کا حوالہ سنگ میل کی حیثیت رکھتا ہے۔

مقبول ملک جرمنی میں مقیم ہیں۔ انھوں نے کافکا کی متعدد کہانیوں کے علاوہ کئی جرمن ادیبوں کی تخلیقات کے ترجمے کیے ہیں۔

ہم نے ایک نخلستان میں پڑاؤ ڈال رکھا تھا۔ ہم سفر ساتھی سو چکے تھے۔ سفید رنگت والا ایک دراز قد عرب، جو اونٹوں کی دیکھ بھال کرتا تھا، میرے پاس سے گزرا اور خواب گاہ کی طرف چلا گیا۔

میں نے خود کو پشت کے بل گھاس پر پھینک دیا۔ میں سونا چاہتا تھا مگر سو نہ سکا۔ مجھے دور سے ایک گیدڑ کے چیخنے کی آواز سنائی دی تو میں دوبارہ اٹھ کر بیٹھ گیا۔ پھر جو چیخ کافی دور تھی، یکدم میرے قریب آ گئی۔ گیدڑوں کا ایک پورا گروہ میرے اردگرد پہنچ چکا تھا، سنہری اور چمک دار جلتی بجھتی آنکھیں اور ایسے پتلے جسم، جیسے وہ کسی ڈرے کی وجہ سے ضابطے کے عین مطابق بڑی پھرتی سے حرکت میں ہوں۔

ان میں سے ایک الٹے پاؤں چلتا ہوا میرے بہت قریب آ گیا، اس نے زبردستی میری بغل میں گھسنے کی کوشش بھی کی، میرے بہت ہی قریب، جیسے اسے میرے جسم کی حدت کی ضرورت تھی۔ پھر وہ میرے بالکل سامنے آ گیا اور تقریباً آنکھوں میں آنکھیں ڈالتے ہوئے بولا؛ ''میں تمام گیدڑوں میں سے سب سے عمر رسیدہ

ہوں، چوڑا چکلا بھی۔ میں خوش ہوں کہ مجھے یہاں تمھارا خیر مقدم کرنا نصیب ہوا۔ میں تو تقریباً ناامید ہو چلا تھا، اس لیے کہ ہمیں تو ازل سے تمھارا انتظار تھا۔ میری ماں بھی تمھارا انتظار کرتی رہی تھی، اس کی ماں بھی اور اس کی بھی ماں، یہاں تک کہ تمام گیدڑوں کی ماں بھی۔ میری بات کا یقین کرو۔''

''یہ بات میرے لیے حیران کن ہے،'' میں نے کہا اور ان لکڑیوں کو جلانا بھول گیا جو وہیں تیار رکھی تھیں اور جن کا مقصد دھوئیں کے ذریعے گیدڑوں کو دور رکھنا تھا۔ میں نے کہا، ''یہ سب کچھ سننا میرے لیے بڑا ہی حیران کن ہے۔ یہ محض اتفاق ہے کہ میرا تعلق شمال کی بلندیوں سے ہے اور میں اس وقت ایک مختصر سفر میں ہوں۔ مگر تم سب گیدڑ آخر مجھ سے چاہتے کیا ہو؟'' لیکن پھر شاید جیسے اس بہت دوستانہ جملے کی وجہ سے کچھ حوصلہ پاتے اور ایک تنگ دائرہ بناتے ہوئے یہ گیدڑ اس طرح میرے مزید قریب آ گئے کہ وہ سب چھوٹی چھوٹی سانسیں لیتے ہوئے جیسے غرا رہے تھے۔

''ہم جانتے ہیں،'' سب سے بوڑھے گیدڑ نے بولنا شروع کیا، ''کہ تم شمال کے علاقے سے آئے ہو، ہماری امیدوں کی تو بنیاد ہی اسی بات پر ہے۔ وہاں عمومی فہم یہی ہے کہ یہاں عربوں کے درمیان کچھ بھی حاصل نہیں کیا جا سکتا۔ تم جانتے ہو کہ بہت زیادہ بہادری سے عبارت اس ٹھنڈے ادراک سے بھلا افہام کی کوئی چنگاری تک بھی کیسے پھوٹ سکتی ہے۔ یہ عرب جانوروں کو مارتے اور ان کو کھا جاتے ہیں لیکن مردار کے گوشت سے نفرت کرتے ہیں۔''

''اتنا اونچا نہ بولو،'' میں نے کہا، ''قریب ہی بہت سے عرب سوئے ہوئے ہیں۔''

''تم واقعی ایک اجنبی ہو،'' بزرگ ترین گیدڑ بولا، ''ورنہ تمھیں علم ہوتا کہ دنیا کی تاریخ میں کبھی بھی کسی گیدڑ نے کسی عرب سے خوف نہیں کھایا۔ کیا ہمیں ان سے خوف زدہ ہونا چاہیے؟ کیا یہ پہلے ہی کافی زیادہ بدقسمتی نہیں ہے کہ ہم ایسی کسی قوم کے عین درمیان میں پہنچ چکے ہیں؟''

''ہو سکتا ہے، ہو سکتا ہے،'' میں نے کہا، ''میں ایسی چیزوں کے بارے میں کوئی فیصلہ دینا مناسب نہیں سمجھتا، جو مجھ سے اتنی دور ہوں۔ یہ مجھے ایک بہت پرانا جھگڑا لگتا ہے، خون تک میں پہنچ جانے والا۔ اس لیے بظاہر اس کا اختتام بھی شاید خون کے ساتھ ہی ہو گا۔''

''تم بہت ذہین ہو،'' بوڑھا گیدڑ بولا اور تمام گیدڑوں نے مزید تیزی سے سانس لینا شروع کر دیا۔ ان کے پھیپھڑے تیزی سے حرکت کر رہے تھے، حالاں کہ وہ بالکل خاموش کھڑے تھے۔ ان کے منھ کھلے ہوئے تھے، جن سے ایسی تیز اور کڑوی بو کے بھبکے نکل رہے تھے، جسے میں کچھ دیر کے لیے صرف دانتوں کو بہت زور سے بھینچ کر ہی اپنے لیے قابل برداشت بنا سکتا تھا۔ معمر گیدڑ نے اپنی بات جاری رکھی، ''تم بہت ذہین ہو۔ جو کچھ تم کہہ رہے ہو، وہ ہماری بہت پرانی تعلیمات کے عین مطابق ہے۔ یعنی اگر ہم ان کا خون بہائیں تو یہ تنازعہ ختم ہو سکتا ہے۔''

''اوہ!'' میں نے یکدم اپنے ارادے سے بھی زیادہ تیزی سے کہا، ''وہ بھی تو اپنا دفاع کریں گے، وہ

اپنی بندوقوں سے تمہارے جتھوں کے جتھے ہلاک کر دیں گے۔''

''تم ہمیں غلط سمجھ رہے ہو،'' اس نے کہا، ''انسانوں کی ایک خاصیت ہے، جو شمال کی بلندیوں تک میں بھی ناپید نہیں ہوتی۔ ہم انھیں ہلاک تو نہیں کریں گے۔ اتنا پانی تو دریائے نیل میں بھی نہیں کہ پھر وہ ہمیں دھو کر صاف کر سکے۔ ہم تو ان کے زندہ جسموں پر ایک نظر بھی پڑ جائے تو دور بھاگ جاتے ہیں، صاف ہوا میں، صحرا میں، جو اسی لیے ہمارا وطن بھی ہے۔''

پھر تمام گیدڑ، جن میں سے بہت سے تو بڑی دور کی مسافت طے کر کے وہاں آئے تھے، اپنے سروں کو جھکا کر اپنی اگلی ٹانگوں کے درمیان تک لے گئے اور انھیں اپنے پنجوں سے صاف کرنا شروع کر دیا۔ ایسے لگتا تھا جیسے وہ اپنی خواہشات کے برعکس ایک ایسی صورت حال کو چھپانا چاہتے تھے کہ اس سے گھبرا کر میرے جیسا کوئی بھی شخص فوری طور پر ایک بڑی چھلانگ لگا کر ان کے بنائے ہوئے دائرے سے بھاگ نکلنا چاہتا۔

''تو پھر تمھارا کیا کرنے کا ارادہ ہے؟'' میں نے پوچھا اور کھڑا ہونا چاہا لیکن کھڑا ہو نہ سکا۔ دو نوجوان گیدڑوں نے پیچھے سے اپنے دانت میری قمیص اور جیکٹ میں گاڑ رکھے تھے۔ مجھے بیٹھے ہی رہنا پڑا۔

''انھوں نے پیچھے سے تمھارے لباس کے آخری حصے کو پکڑ رکھا ہے،'' بوڑھے گیدڑ نے وضاحت کرتے ہوئے کہا اور سنجیدگی سے بولا، ''اظہار احترام کا ایک طریقہ۔''

''انہیں مجھے فوراً چھوڑ دینا چاہیے،'' میں نے یہ مطالبہ کرتے ہوئے پہلے سب سے بوڑھے اور پھر نوجوان گیدڑوں کو دیکھتے ہوئے کہا۔

''ظاہر ہے یہ ایسا ہی کریں گے،'' بزرگ گیدڑ نے کہا، ''جب تم یہ مطالبہ کرو گے۔ لیکن اس میں تھوڑی سی دیر لگے گی۔ انھوں نے حسب روایت اپنے دانت کافی زیادہ گہرائی تک گاڑ رکھے ہیں اور وہ اپنے جبڑوں کو دوبارہ بہت آہستہ آہستہ ہی کھول سکتے ہیں۔ اس دوران تم ہماری درخواست غور سے سنو۔''

''تمھارا رویہ تو مجھے اس عمل پر بہت زیادہ آمادہ کر دینے والا نہیں ہے،'' میں نے کہا۔

''ہمیں ہمارے رویوں کے بھدے پن کے ازالے کی ادائیگی سے بچالو،'' اس نے کہا اور پہلی بار اپنی قدرتی آواز کے درخواست گزارانہ لہجے سے مدد حاصل کرنے کی کوشش کی، ''ہم غریب جانور ہیں۔ ہمارے پاس صرف ہمارے دانت ہی تو ہیں۔ ہم جو کچھ بھی کرنا چاہیں، چاہے وہ اچھا ہو یا برا، ہمارے پاس اس کے لیے صرف یہی دانت ہی تو ہیں۔''

''تم چاہتے کیا ہو آخر؟'' میں نے اپنی آواز میں تھوڑی سی نرمی لاتے ہوئے پوچھا۔

''جناب،'' وہ بولا اور تمام گیدڑ اس طرح چیخنے لگے کہ مجھے ان کی آوازیں بہت دور سے سنائی دینے والی کسی دھن کی طرح لگنے لگیں۔ ''جناب، آپ کو یہ تنازعہ ختم کرانا ہوگا، جس نے دنیا کو تقسیم کر رکھا ہے۔ جیسے آپ ہیں، ہمارے بزرگوں نے بالکل ویسا ہی بتایا تھا کہ وہی ایسا کر سکے گا۔ ہمیں عربوں سے نجات چاہیے، ایسی ہوا جس میں ہم سانس لینے کے قابل ہوں، ہمارے اردگرد ایک ایسے افق کا منظر جس میں کوئی عرب نہ ہو۔ کسی ایسی

بھیڑ کی کوئی دردناک چیخ بھی نہ ہو جو کسی عرب کے خنجر کا نشانہ بنی ہو۔ ہر جانور اپنی پرسکون موت مر سکے، اور ہم بغیر کسی بھی مداخلت کے اس کا سارا خون پی سکیں اور اس کے جسم کو ہڈیوں تک بالکل صاف کر دیں۔ مکمل صفائی، ہم تو صفائی کے علاوہ کچھ بھی نہیں چاہتے۔''

اب وہ سب رو رہے اور سسکیاں لے رہے تھے۔ بوڑھا گیدڑ بولتا جا رہا تھا، ''اے نیک دل اور میٹھے اندرونی اعضا والے انسان! آپ اس دنیا میں یہ سب بھلا برداشت کیسے کر لیتے ہیں؟ ان کی سفیدی بھی گندگی ہے، ان کی سیاہی بھی گندگی ہے۔ ان کی داڑھیاں بھی خوفناک ہوتی ہیں۔ ان کی آنکھوں کے کناروں پر نظر پڑ جائے تو انسان تھوکنے پر مجبور ہو جاتا ہے۔ اگر وہ اپنا کوئی بازو اوپر اٹھائیں تو ان کی بغلوں میں سے جہنم کا دروازہ کھل جاتا ہے۔ اس لیے، جناب، اسی لیے، اے جناب ذی وقار، آپ کو ہر کام کر سکنے کے اہل اپنے ان ہاتھوں سے، انھی ہاتھوں سے اس قینچی کی مدد سے ان کے گلے کاٹ دینا چاہئیں!''

اس نے اپنے سر کو ہلکا سا جھٹکا دیا تو اس اشارے کو سمجھتے ہی ایک ایسا گیدڑ سامنے آ گیا، جس کے منہ میں باچھوں کے قریب دونوں بڑے دانتوں میں سے ایک کے ساتھ سلائی کے لیے استعمال ہونے والی ایک چھوٹی سی، پوری طرح زنگ آلود قینچی لٹک رہی تھی۔

''اچھا، قینچی بھی آ گئی، بند کرو یہ سب کچھ،'' ہمارے کارواں کا عرب رہنما چیخا، جو ہوا کی مخالف سمت سے رینگتا ہوا ہم تک پہنچ گیا تھا اور اب اپنا بہت بڑا درہ ہوا میں لہرا رہا تھا۔

سب کچھ آناً فاناً ہوا تھا۔ تمام گیدڑ فوراً بھاگ تو گئے تھے لیکن کچھ ہی فاصلے پر جا کر وہ سب ایک ہجوم کی صورت پھر کھڑے ہو گئے تھے، بڑی تعداد میں اور دیکھنے میں ایک دوسرے کے اتنا قریب اور اتنے اکڑے ہوئے کہ جیسے انھیں کسی چھوٹے سے باڑے میں بند کر دیا گیا ہو اور ان کے سروں پر لالٹینیں جھول رہی ہوں۔ ''تو جناب! آپ نے بھی یہ ڈرامہ دیکھ اور سن لیا،'' اس عرب نے کہا اور خوشی سے ہنسا، اس حد تک جتنا کہ اس کے قبیلے کے احتیاط پسندی اسے اجازت دیتی تھی۔

''تو تم جانتے ہو کہ یہ جانور کیا چاہتے ہیں؟'' میں نے پوچھا۔

''فطری سی بات ہے، جناب!'' اس نے کہا، ''یہ تو ہر کوئی جانتا ہے۔ جب تک عرب موجود ہیں، یہ قینچی صحرا میں سفر کرتی رہے گی اور ہمارے ساتھ روز آخر تک سفر میں ہی رہے گی۔ اسے ایک عظیم کام کے لیے ہر یورپی باشندے کو پیش کیا جائے گا، ہر یورپی باشندہ وہی ہے، جسے یہ جانور سمجھتے ہیں کہ اسے ہی یہ کام سونپا گیا ہے۔ ان جانوروں کی امید بھی بڑی لایعنی ہے۔ مسخرے، سچ مچ کے مسخرے ہیں یہ۔ ہم اسی لیے ان سے پیار کرتے ہیں، یہ ہمارے کتے ہیں، آپ کے کتوں سے زیادہ خوبصورت۔ اب یہ بھی دیکھ لیں۔ کل رات ایک اونٹ مر گیا تھا، میرے کہنے پر اسے یہیں لایا جا چکا ہے۔''

پھر چار افراد آئے اور انھوں نے اس بھاری بھرکم، مرے ہوئے اونٹ کو ہمارے سامنے پھینک دیا۔ ابھی اسے زمین پر پھینکا ہی گیا تھا کہ گیدڑوں کی آوازیں بلند ہو گئیں۔ ان میں سے ہر ایک رینگتے رینگتے آگے

بڑھنے لگا تھا، ہر کسی کا پیٹ زمین سے لگا ہوا تھا اور وہ خود کو ایسے گھسیٹ رہا تھا، جیسے اسے کسی رسی سے باندھ کر یوں کھینچا جا رہا ہو کہ اس کے لیے ایسا نہ کرنے کا کوئی رستہ بچا ہی نہ ہو۔ وہ عربوں کو بھول چکے تھے، انھیں نفرت بھی بھول چکی تھی۔ اس مردہ جسم سے اٹھنے اور باقی ہر شے پر چھا جانے والی تیز بو کی موجودگی ان پر جادو کر چکی تھی۔

پھر ایک گیدڑ مردہ اونٹ کی گردن پر جھپٹا اور پہلی مرتبہ دانت گاڑنے پر ہی اسے شہ رگ مل گئی۔ ایک ایسے چھوٹے سے تیز دھار پائپ کی طرح، جو کسی بہت بڑی آگ کو بجھانے کی کوشش کرتے ہوئے بہت پر عزم بھی ہو اور جس کی ناکامی بھی یقینی ہو، مردہ حیوانی جسم کا ہر پٹھا اپنی جگہ پر تھرکتا اور اُدھڑتا جا رہا تھا۔ دیکھتے ہی دیکھتے سبھی گیدڑ کی لاش پر چڑھ کر ایک ہی طرح کے کام میں ایسے مصروف ہو گئے تھے کہ ان کا ایک پہاڑ سا بن گیا تھا۔ اس پر کارواں کی رہنمائی کرنے والے عرب نے اپنا درہ زور سے گیدڑوں پر برسانا شروع کر دیا۔ گیدڑوں نے اپنی نشے کی سی اور نیم بیہوشی کی حالت میں سر اٹھائے، اس عرب کو اپنے سامنے کھڑے ہوئے دیکھا، درے کی چوٹ کو اپنی تھوتھنیوں پر محسوس کرنا شروع کیا تو چھلانگیں لگا کر پیچھے ہٹے اور واپس کچھ دور چلے گئے۔

تب تک اونٹ کا خون جگہ جگہ پھیل چکا تھا، اس کی بو آسمان تک جا رہی تھی اور لاش کئی جگہوں سے چیر پھاڑ کا شکار ہو چکی تھی۔ گیدڑ خود پر قابو نہ پا سکے تھے۔ وہ پھر لوٹ آئے تھے، عرب نے اپنا درہ دوبارہ ہوا میں بلند کیا، تو میں نے اس کا بازو پکڑ لیا۔

''جناب، آپ ٹھیک کہتے ہیں۔'' اس نے کہا، ''ہم انھیں ان کا کام کرنے دیتے ہیں۔ ہماری روانگی کا وقت بھی ہو گیا ہے۔ آپ نے انھیں دیکھ تو لیا ہے۔ شاندار جانور، کیا یہ سچ نہیں ہے؟ اور کس طرح وہ ہم سے نفرت کرتے ہیں!''

آئرن کراس

ہائنز مولر (جرمنی)

ترجمہ: منیرالدین احمد

ہائنز مولر (۹ جنوری ۱۹۲۹ء۔۳۰ دسمبر ۱۹۹۵ء) جرمنی کے ڈرامہ نگار، شاعر، ادیب، مضمون نگار اور تھیٹر ڈائریکٹر تھے۔

منیرالدین احمد (۱۹۳۴ء۔۲۰۱۹ء) راولپنڈی میں پیدا ہوئے، تعلیم پنجاب یونیورسٹی، لاہور میں حاصل کی، پھر اعلیٰ تعلیم کے حصول کے لیے ہمبرگ یونیورسٹی، جرمنی چلے گئے۔ ۱۹۶۰ء سے جرمنی میں ہی مقیم رہے۔ تحقیقاتی ادارہ 'جرمن اورینٹ انسٹی ٹیوٹ' کے ریسرچ فیلو اور ہمبرگ یونیورسٹی کے استاد رہ چکے تھے۔ ان کی تحقیقی کتابوں کے علاوہ افسانوں کے تین مجموعے، تراجم پر مشتمل ۶ مجموعے، ایک سفرنامہ، ایک ڈائری اور اور مکتوبات پر مبنی ایک کتاب بھی شائع ہو چکی ہے۔

اپریل ۱۹۴۵ء میں میکلن برگ کے قصبے شٹارگارڈ کے ایک اسٹیشنری فروش نے اپنی بیوی، بیٹی اور خود کو گولی مارنے کا فیصلہ کیا۔ اس نے گاہکوں سے ہٹلر کی شادی اور خودکشی کے بارے میں سنا تھا۔

وہ پہلی جنگ عظیم میں ریزرو آرمی افسر رہ چکا تھا اور اس وقت کا ریوالور اس کے پاس تھا اور دس گولیاں۔

جب اس کی بیوی شام کو کھانا لے کر باورچی خانے سے آئی تو وہ میز کے پاس کھڑا ریوالور کو صاف کر رہا تھا۔ اس نے آئرن کراس کو کوٹ کے کالر پر لگا رکھا تھا، جیسے تہوار کے دنوں میں لگایا کرتا تھا۔

"فیوہرر نے خودکشی کر لی ہے۔" اس نے بیوی کے سوال کے جواب میں کہا اور وہ اس کی وفاداری

نبھائے گا۔ کیا وہ اس کی بیوی ہوتے ہوئے اس قدام میں اس کی پیروی کرنے کے لیے تیار تھی۔ بیٹی کے بارے میں اسے شک نہیں تھا کہ وہ اپنے باپ کے ہاتھوں عزت کی موت مرنے کو بے عزتی کی زندگی پر ترجیح دے گی۔

اس نے بیٹی کو بلایا جس نے اسے مایوس نہ کیا۔

بیوی کے جواب کا انتظار کیے بغیر اس نے دونوں کو اپنا کوٹ پہننے کو کہا، کیوں کہ وہ شورش برپا کرنے سے بچنے کے لیے انھیں شہر سے باہر کسی موزوں مقام پر لے جائے گا۔ انھوں نے اس پر عمل کیا۔ اس نے ریوالور کو لوڈ کیا اور بیٹی سے کوٹ پہننے میں مدد لی، گھر کو تالا لگایا اور چابی کو پوسٹ باکس کی دراز میں سے اندر پھینک دیا۔

جب وہ تاریک سڑکوں پر شہر سے باہر کی طرف جا رہے تھے تو بارش ہو رہی تھی۔ مرد آگے تھا اور عورتوں کی طرف دیکھے بغیر جا رہا تھا جو کچھ فاصلے پر اس کے پیچھے آ رہی تھیں۔ وہ ان کے قدموں کی چاپ کو سڑک پر سن رہا تھا۔

سڑک کو چھوڑنے کے بعد جنگل کی طرف جانے والی پگڈنڈی پر اس نے شانے پر سے گھوم کر دیکھا اور جلدی کرنے کو کہا۔ درختوں سے عاری میدان اور تیز ہونے والی رات کو ہوا میں ان کے قدم بارش کے سبب گیلی زمین پر کوئی آہٹ پیدا نہ کر رہے تھے۔

اس نے انھیں پھر کہا کہ وہ اس سے آگے چلیں۔ ان کے پیچھے چلتے ہوئے وہ نہیں کہہ سکتا تھا کہ آیا اسے ان کے بھاگ جانے کا خطرہ تھا، یا وہ خود بھاگ جانا چاہتا تھا۔ تھوڑی ہی دیر میں وہ بہت آگے جا چکی تھیں، جب وہ اس کی آنکھوں سے اوجھل ہو گئیں تو اس نے جان لیا کہ اس بھاگ نکلنے سے ڈر لگتا تھا اور اس نے چاہا کہ وہ بھاگ نکلیں۔ وہ رک گیا اور اس نے پیشاب کیا۔ ریوالور کو اس نے پینٹ کی جیب میں ڈال رکھا تھا جو پتلے کپڑے کے اندر سے ٹھنڈا لگ رہا تھا۔ اور جب وہ عورتوں کو پانے کے لیے تیزی سے چلا تو ریوالور ہر قدم پر اس کی ٹانگ پر لگتا تھا۔ اس نے رفتار کو کم کر دی۔ مگر جب اس نے ریوالور کو پھینک دینے کے خیال سے جیب میں ہاتھ ڈالا تو اسے اس کی بیوی اور بیٹی دکھائی دی۔ وہ رستے کے بیچوں بیچ کھڑی تھیں اور اس کا انتظار کر رہی تھیں۔

وہ کرنا تو جنگل میں چاہتا تھا مگر اس بات کا خطرہ کہ گولیوں کی آواز کو کوئی سن لے گا، اس جگہ پر بھی کچھ ایسا زیادہ نہ تھا۔

جب اس نے ریوالور کو ہاتھ میں لیا اور اس کو چلانے کے لیے تیار کیا تو اس کی بیوی سسکتی ہوئی اس کے گلے لگ گئی۔ وہ خاصی بھاری تھی اور اسے اپنے آپ کو چھڑانے میں خاصی دقت ہوئی۔ وہ اپنی بیٹی کی طرف گیا، جو اس کی طرف ٹکٹکی باندھے تک رہی تھے، ریوالور کو اس کی کنپٹی پر رکھا اور آنکھیں بند کر کے لبلبی دبا دی۔ اس کو امید تھی کہ گولی نہیں چلے گی مگر اس نے گولی کی آواز سنی اور لڑکی کو لڑکھڑاتے اور گرتے ہوئے دیکھا۔

عورت کانپ رہی تھی اور چیخیں مار رہی تھی۔ اسے اس کو تھامنا پڑا۔ کہیں تیسری گولی کے بعد جا کے وہ خاموش ہوئی۔

اب وہ اکیلا تھا۔

وہاں پر کوئی شخص نہ تھا جو اسے ریوالور کی نالی کو اپنی کنپٹی پر رکھنے کا حکم دیتا۔ لاشیں اسے نہیں دیکھ رہی تھیں، کوئی بھی نہیں دیکھ رہا تھا۔ تھیٹر کھیلا جا چکا تھا، پردہ گر چکا تھا۔ اب وہ جا کے اپنا میک اپ اتار سکتا تھا۔

اس نے ریوالور کو جیب میں ڈال لیا اور اپنی بیٹی پر جھکا، پھر اس نے بھاگنا شروع کر دیا۔

وہ پگڈنڈی سے سڑک تک بھاگتا ہوا گیا، پھر سڑک کے ساتھ ساتھ، مگر شہر کی سمت میں نہیں بلکہ مغرب کی جانب۔ پھر وہ سڑک کے کنارے بیٹھ گیا۔ پشت کو ایک درخت سے ٹیک کر اور اپنے بارے میں سوچنے لگا۔ گہرے سانس لیتے ہوئے وہ اس نتیجے پر پہنچا کہ اس کا معاملہ کچھ ایسا ناامیدی کا مرقع نہ تھا۔

اسے صرف آگے کی طرف چلتے جانا چاہیے مغرب کی جانب، قریب کی آبادیوں سے کتراتے ہوئے۔ کہیں نہ کہیں اسے چھپنے کا موقع مل جائے گا، شاید کسی بڑے شہر میں، ایک نئے نام کے تحت۔ ایک بے نام مہاجر، متوسط اور محنتی۔

اس نے ریوالور کو سڑک کی نالی میں پھینک دیا اور اٹھ کھڑا ہوا۔ چلتے ہوئے اسے یاد آیا کہ وہ آئرن کراس کو پھینکنا بھول گیا تھا۔ اس نے اسے اتار پھینکا۔

خط

سیلی مورگن (آسٹریا)

ترجمہ: ثمینہ

بس ہچکولے لیتی آگے جارہی تھی اور میرے تھکے بوڑھے سر میں اور بھی درد ہو رہا تھا۔ میں رونا چاہتی تھی لیکن بس میں کبھی لوگ روتے نہیں۔ میں نے اداسی سے اپنی گود میں رکھے بسکٹوں کے پرانے ٹن کی طرف دیکھا۔ 'اسکاچ شارٹ بریڈ'؛ وہ اسے پسند بھی نہیں تھے لیکن اسے یہ ڈبہ پسند تھا۔ اس کے رنگ پسند تھے۔ سو میں نے اسے وہ ڈبہ دے دیا تھا۔

میں نے ٹھنڈی سانس لی اور آنسوؤں کو پونچھا جو آہستہ آہستہ میرے گالوں کو نم کر رہے تھے۔ وہ جا چکی تھی اور میں خود کو بوڑھا، اکیلا اور نامطمئن محسوس کر رہی تھی۔

میری انگلیوں نے ڈبے کے ڈھکن کے کنارے ڈھونڈے اور آہستہ آہستہ ڈبہ کو کھول دیا۔ اس میں وہ سب کچھ تھا جو اس نے اس دنیا میں چھوڑا تھا؛ ایک باریک چاندی کا ہار، ایک بچے کی کچھ تصویریں، اس کا شناختی کارڈ، اور ایک خط۔ اسے یہ خط لکھنے میں کتنی دیر لگی تھی، میں یہ سوچ کر مسکرائی۔ اس نے ہر ایک لفظ بار بار پڑھا تھا۔ کہیں کوئی غلطی نہ رہ گئی ہو۔ یہ خط اس کے لیے بہت اہم تھا۔ ہم کبھی کبھی مذاق بھی کرتے تھے اس دن کے بارے میں جب یہ خط ایلین کو دوں گی۔ ہمارے وہم و گمان میں بھی نہ تھا کہ وہ دن اتنی جلدی آجائے گا۔

''میں ہار گئی ہوں۔'' میں نے ہار اٹھاتے ہوئے سوچا۔ ہم نے یہ ہار ایلین کی دسویں سالگرہ پر خریدا تھا لیکن ہمیں خبر نہیں تھی کہ اسے کہاں اور کیسے یہ ہار بھجوائیں۔ اور اب ہمیں معلوم تھا کہ ایلین کہاں رہتی ہے لیکن اسے اس ڈبہ اور اس کی چیزوں سے کوئی دلچسپی نہیں تھی۔ میں نے ہار بچے کی تصویر پر رکھ دیا۔

ایلین نے کہا تھا کہ وہ تصویر اس کی نہیں تھی۔ یہ سب کچھ کسی غلطی کا نتیجہ تھا اور یہ کہ اب میں اسے تنگ کرنا چھوڑ دوں۔ میں اسے تیسری مرتبہ ملنے گئی تھی اور لگتا تھا کہ یہ آخری بار تھی۔ میں نے خط اٹھایا، وہ دھندلا اور

پرانا ہو چکا تھا۔ میں نے نہایت احتیاط سے اسے کھولا اور دوبارہ پڑھنا شروع کر دیا۔

''میری پیاری بیٹی ایلین کے نام:

''میں یہ خط اس امید پر لکھ رہی ہوں کہ ایک دن تم اسے پڑھ سکوگی اور سمجھ سکوگی کہ کیا ہوا۔ میں جانتی ہوں کہ تم مجھے جاننا چاہتی ہو، کیوں کہ تمھارے خیال میں تمھیں میں اکیلا چھوڑ گئی تھی۔ ایسا نہیں تھا۔ میں تمھیں بتانا چاہتی ہوں کہ کیا ہوا تھا؟

''میں صرف سترہ سال کی تھی جب تم ہماری آبادی میں پیدا ہوئی تھی۔ وہ سب جاننا چاہتے تھے کہ تمھارا باپ کون تھا۔ لیکن میں کچھ نہ کہتی تھی۔ یہ تو ظاہر تھا کہ وہ ایک سفید مرد تھا۔ تم جو اتنی صاف شفاف تھیں۔ لیکن اس کے دل میں تمھارے یا میرے لیے کوئی پیار نہ تھا۔ میں نے خود سے وعدہ کیا کہ میں تمھاری حفاظت کروں گی۔ میرا جی چاہتا تھا کہ تمھاری زندگی مجھ سے بہتر انداز سے گزرے۔

''میں بیس سال کی ہوئی تھی تو وہ تمھیں مجھ سے پرے لے گئے۔ Aborigines Protection Board کے مسٹر نیول نے کہا کہ اس میں تمھاری بہتری تھی۔ اس نے کہا کہ مجھ جیسی کالی ماؤں کو تم جیسی بچیوں کو رکھنے کی اجازت نہیں تھی۔ وہ نہیں چاہتا تھا کہ تم ہم لوگوں کی طرح پرورش پاؤ۔ میں تمھیں کھونا نہیں چاہتی تھی لیکن میری ایک نہ چلی۔ یہ تو قانون تھا نا!

''میں تیس سال کی ہوئی تو تمھیں ڈھونڈنا شروع کیا۔ کوئی نہ بتاتا تھا کہ تم کہاں چلی گئی تھیں۔ یہ ایک بہت بڑا راز تھا۔ پھر میں نے سنا کہ انھوں نے تمھارا آخری نام بدل دیا ہے مگر مجھے خبر نہیں تھی کہ وہ نام کیا تھا۔ میں مسٹر نیول سے ملی اور اسے بتایا کہ میں تم سے ملنا چاہتی ہوں۔ تب مجھے پتہ چلا کہ ایک سفید گھرانے نے تمھیں اپنا لیا تھا۔ تم سمجھتی تھیں کہ تم بھی سفید نسل سے ہو۔ مسٹر نیول نے کہا کہ اگر میں تمھیں ڈھونڈ بھی لوں تو تمھیں ہی نقصان پہنچے گا۔

''بہت عرصہ میں تمھیں بھول جانے کی کوشش کرتی رہی لیکن میں اپنی بیٹی کو کیسے بھول جاتی۔ کبھی کبھار میں تمھارے بچپن کی تصویر نکال کر دیکھتی تھی اور اس میں تمھارے چھوٹے سے چہرے کو پیار کرتی تھی۔ میں دعائیں کرتی تھی کہ تمھیں پتہ چل جائے کہ تمھاری ایک ماں بھی ہے جو تم سے پیار کرتی ہے۔

''جب مجھے پتہ چلا کہ تم کہاں تھیں، تم خود بڑی ہو چکی تھیں اور تمھارا اپنا گھر تھا۔ میں نے تمھیں خط لکھنے شروع کر دیے تاکہ تم تک پہنچ سکوں۔ میرا جی چاہتا تھا تمھیں اور اپنے نواسے نواسیاں دیکھنے کو، لیکن تمھیں تو ان سب باتوں کا پتہ ہے کیوں کہ تم میرے خط واپس بھیجتی رہتی تھیں۔ میں تمھیں کوئی الزام نہیں دیتی، نہ ہی تمھارے خلاف میرے دل میں کوئی گلہ شکوہ ہے۔ میں جانتی ہوں تم نے یہ سب کچھ کیوں کیا۔

''جب تمھیں یہ خط ملے گا تو میں اس دنیا سے جا چکی ہوں گی لیکن میرے ٹن کے ڈبہ میں جو میری محبوب چیزیں ہیں، وہ تمھاری ہوں گی۔ میری خواہش ہے کہ ایک دن تمھیں احساس ہو کہ تم کون ہو۔ واقعی کون ہو؟ اور تم میرے پیارے لوگوں سے دوستی کرو، کیوں کہ تمھاری اساس، بنیاد تو یہ لوگ ہی ہیں۔

''یہ خط تمھیں جو خاتون دیں گی، ان سے نرمی کا سلوک کرنا۔ وہ تمھاری خالہ ہیں۔

''تمھاری پیار کرنے والی ماں۔''

ہمارے خاندان میں نیلی سب سے زیادہ ہمت والی تھی۔ وہ کبھی ہمت نہ ہارتی تھی۔ اسے ہمیشہ یقین تھا کہ ایک دن ایلین گھر واپس آجائے گی۔

میں نے ڈبہ کا ڈھکن اچھی طرح سے بند کیا اور کھڑکی سے دور جاتی سڑک کی طرف دیکھا۔ اچھا ہی تھا کہ نیلی اس دنیا میں نہیں تھی۔ مجھے خوشی تھی کہ کم از کم اسے تو خبر نہیں تھی کہ حالات نے کیا رخ اختیار کیا تھا۔ پھر اچانک میں نے اس کی آواز سنی۔ بہت نزدیک اور دھیرے سے اس نے کہا، ''تم ہمیشہ بہت جلدی ہمت ہار جاتی ہو۔''

''بالکل بھی نہیں۔'' میں نے آہستہ سے کہا۔

اب میں نہیں جانتی تھی کہ کیا کروں۔ نیلی ٹھیک تو کہتی تھی۔ وہ لڑکی ہمارا اپنا خون ہے۔ اسے میں کیسے اتنی آسانی سے اپنی زندگی سے نکل جانے دوں۔ میں نے ڈبے کی طرف دوبارہ دیکھا اور اچانک ہی میں خود کو پہلے سے زیادہ مطمئن اور ہمت ور محسوس کر رہی تھی۔ میں ایک مرتبہ اور کوشش کروں گی، میں نے خود سے کہا۔ میں ایک نئے لفافے میں یہ خط بھجواؤں گی۔ شاید وہ پڑھ ہی لے اسے۔

میں باہر باغ میں تھی، جب ٹیلی فون کی گھنٹی بجی۔ مجھے یقین تھا جب تک میں فون کے نزدیک پہنچوں گی وہ بند ہو چکا ہوگا۔ آج کل مجھے پچھلی سیڑھیوں سے چڑھنے میں دیر لگتی تھی۔ 'ہیلو' میری سانس پھول رہی تھی جب میں نے ریسیور اٹھایا۔

''آنٹی بیسی!''

''کون ہے؟'' میں نے حیرت سے پوچھا۔

''میں ایلین ہوں۔''

''ایلین!'' مجھے یقین نہیں آرہا تھا۔ میں نے دو ماہ پہلے اسے وہ خط پوسٹ کیا تھا۔

''کیا واقعی ایلین، یہ تم ہو؟'' میں نے پوچھا۔

''ہاں یہ واقعی میں ہوں۔ میں آپ سے باتیں کرنا چاہتی ہوں۔ کیا میں آپ سے مل سکتی ہوں؟''

''میں کل آؤں گی۔ اور آنٹی اپنا خیال رکھیں۔''

میرے ہاتھ کانپ رہے تھے جب میں نے ریسیور واپس رکھا۔ کیا میں نے ٹھیک سنا تھا۔ کیا اس نے واقعی کہا تھا، ''اپنا خیال رکھیں آنٹی!'' میں تیزی سے اپنے نزدیک کی ایک کرسی پر بیٹھ گئی اور اپنے آنسو پونچھے۔

''میں کیوں نہ آنسو بہاؤں۔'' میں نے اونچی آواز میں خالی کمرے میں کہا۔ ''میں بس میں نہیں بیٹھی ہوں۔'' اور مجھے یوں لگا جیسے نیلی میرے بہت قریب تھی۔ ''میری بہنا!'' میں نے ٹھنڈی سانس لی۔ ''سنا تم نے؟ ایلین کل یہاں ہوگی۔''

''سنا تم نے بہنا! ایلین گھر واپس آرہی ہے۔''

پانی کی دیوار

جیف گیٹر ائٹرس (ہالینڈ)

ترجمہ: ستار طاہر

سفید فام مرد کمرے میں واپس آیا۔

''کچھ بھی نہیں۔'' اس نے کہا، ''پانی کا ایک قطرہ بھی وہاں نہیں نکل رہا۔ میں اسے کھلا چھوڑ آیا ہوں۔''

وہ اس کے قریب فرش پر بیٹھ گیا۔ اس کے اٹھے ہوئے گھٹنے اس کے سینے کو چھو رہے تھے۔ سیاہ فام عورت چپ تھی۔ اس نے اپنی پشت راشن کے بڑے بڑے صندوقوں کے ساتھ لگا رکھی تھی۔ وہ یوں بیٹھی ہوئی تھی جیسے کوئی بندر دبک کر بیٹھا ہو۔ اس نے اپنی گود میں پان دیوتا کی چمک دار مورتی رکھی ہوئی تھی۔ اس کے چہرے کے ایک رخ پر خراشیں آئی ہوئی تھیں۔ آنکھ سوجی ہوئی بند پڑی تھی۔ اس کا زرد رنگ کا سارونگ جو اس کے شانوں پر لٹکا ہوا تھا۔ گندا، میلا اور پھٹا ہوا تھا۔ وہ پسینے میں شرابور تھی اور اس سے پسینے کی مہک آ رہی تھی۔

انھوں نے نلکوں کو تباہ کر دیا ہے۔ سفید فام مرد نے خلا میں بلاوجہ اشارہ کرتے ہوئے کہا۔ ''اور دیکھو تو ہم کتنے خستہ حال نظر آ رہے ہیں۔''

سفید فام مرد کے پاؤں ننگے تھے اور اس کی ٹانگوں پر کیچڑ کے دھبے تھے۔ اس نے جو قمیص پہن رکھی تھی، وہ خون اور پسینے میں نچڑی ہوئی تھی اور اس کی نیکر گندی اور میلی تھی۔ اس کے ماتھے پر زخم کا ایک گہرا نشان تھا۔ تھوڑے تھوڑے وقفوں کے بعد وہ خون کے دھبوں والے رومال سے اس زخم کو دباتا جس کے ساتھ ہی اس کے چہرے پر درد کی لہر دوڑ جاتی۔ اس کی آنکھوں کے نیچے گہرے سیاہ حلقے پڑے ہوئے تھے۔ اس کی ڈاڑھی بڑھی ہوئی تھی اور سر کے لمبے بال الجھے ہوئے تھے۔

میز پر خالی تھیلے، لوہے کے بنے اسلحے کے خالی ڈبے، اقوام متحدہ کے سپاہیوں کے بیلچے اور اسی طرح کی چیزیں پڑی ہوئی تھیں۔ دوسری طرف راشن کے بڑے بڑے صندوق رکھے تھے جن کے ڈھکنے کھلے ہوئے

تھے۔

اور باہر دھوپ سے جگمگاتے ہوئے صحن میں انسانوں کا ہجوم خاموش کھڑا تھا۔ یہ ہجوم وہاں کئی گھنٹوں سے موجود تھا۔ سخت گرمی تھی اور ہوا بالکل بند اور دور آسمان پر گدھ چکر کاٹ رہے تھے۔

سفید فام مرد نے اپنی نیکر کی جیب سے ایک مڑی تڑی سگریٹ کی ڈبیا نکالی جس میں صرف ایک مڑا تڑا سگریٹ تھا۔ اس نے دیا سلائی کو میز کی پشت پر رگڑا۔ چھوٹا سا شعلہ نمودار ہوا جس سے اس نے سگریٹ سلگائی، ایک لمبا کش کھینچا اور پھر سیاہ فام عورت کی طرف دیکھے بغیر سگریٹ اس کی طرف بڑھا دیا۔ مرد کے ہاتھ کانپ رہے تھے، وہ سگریٹ پیتی رہی۔ سفید فام مرد اپنے انگوٹھے کے ناخن کو دیکھتا رہا جو ٹوٹا پھوٹا اور سیاہ تھا۔

''یہ لو'' سیاہ فام عورت نے اس کی طرف سگریٹ بڑھاتے ہوئے کہا۔ سیاہ فام عورت کی آنکھوں میں ایک ایسی چمک تھی جسے دیکھ کر وہ حیران رہ گیا؛ نفرت، شک، بے یقینی۔

مرد نے سوچا، ''نفرت کا سیاہ رنگ پھر میرے سامنے آ گیا ہے۔ دو سال سے میں یہ سوچ رہا تھا کہ مجھے کامیابی ہوئی مگر اب پھر سیاہ رنگ کی دیوار کھڑی ہوتی جا رہی ہے۔''

باہر اچانک کسی عورت کی تیز چیخ نے فضا کو تھرتھرا دیا۔ کچھ مردوں کی تیز تیز بولنے کی آوازیں۔ ہجوم میں بتری پیدا ہوئی، کسی نے کسی کو آواز دی اور پھر یکلخت خاموشی چھا گئی۔

سفید فام مرد خوفزدہ ہو کر کھڑکی کے قریب پہنچا اور اس نے جھانک کر باہر دیکھا۔

مچھر دانی کا پردہ پھٹا ہوا تھا اور کھڑکی کا ایک پٹ بھی ہلا ہوا تھا۔

برآمدے کے آگے دوسرے دروازے کے اندر سے مسلسل کچھ آوازیں سنائی دے رہی تھیں۔

''چھ۔۔۔ ہاں۔۔۔ یہ ہے ایک چھ۔۔۔ اور۔۔۔'' اور پھر پردوں کی تھرتھراہٹ۔

''جب رات ہو جائے گی تو یہ لوگ تھک کر چلے جائیں گے۔'' سفید فام مرد نے کہا اور سوچنے لگا۔ اب یہ لوگ ٹرانسمیٹر کے ذریعہ رابطہ قائم کرنے کی کوشش کر رہے ہیں، مگر کمانڈو کے ساتھ ان کا تعلق قائم نہ ہو سکے گا۔

''تم۔'' سیاہ فام عورت نے اپنی پلکیں اٹھا کر کہا، ''یقیناً یہ لوگ بور ہو کر چلے جائیں گے۔ وہ یہاں کب تک انتظار کرتے ہیں گے۔۔۔ کب تک؟''

سفید فام مرد نے کہا اور پھر اپنی زبان سے اپنے ہونٹوں کو تر کرنے لگا۔

مچھر دانی کا پردہ ہل رہا تھا۔ سفید فام مرد نے سوچا، شام کی ہوا دریا کو چھو کر آ رہی ہے۔ دریا جو جنگلوں کے اندر بہتا ہے۔۔۔ دریا۔۔۔ پانی۔۔۔ جھیلیں۔۔۔ پانی۔۔۔ پانی!

''اگر ہم لوگ بوکاپو میں ٹھہرے رہتے تو یہ سب کچھ نہ ہوتا۔'' سیاہ فام عورت نے آہ بھر کر کہا۔

''بوکاپو میں یہ فساد ہونا ہی تھا۔ جلد یا بدیر سب جگہ یہ ہونے والا تھا۔ ہم اس سے بچ نہیں سکتے تھے، یہ ہونا ہی تھا۔ فادی غنڈے! اگر میں عین وقت پر تمھاری بندوق اٹھا کر باہر نہ پھینک دیتی اور یہ بندوق انھیں تمھارے سامان میں نظر آ جاتی تو وہ تمھیں اسی وقت ہلاک کر دیتے۔''

''ہاں یہ تم نے اچھا کیا۔'' سفید فام مرد نے جواب دیا۔ ''کاش وہاں راستے میں اتنی اونچی اُگی ہوئی جنگلی گھاس نہ ہوتی تو ہمیں پتہ چل جاتا کہ راستے کے موڑ کو کاٹتے ہی ہمیں کن لوگوں سے واسطہ پڑے گا مگر لمبی گھاس نے کچھ دیکھنے کا راستہ ہی بند کر دیا تھا۔ اب سوچیں تو کیا فائدہ؟ اب ہم گھر چکے ہیں۔'' یہ کہہ کر اس نے سگریٹ کا لمبا کش لیا اور پھر اسے میز کے نیچے پھینک دیا۔ چند لمحوں تک جلتے ہوئے سگریٹ کا سِرا نظر آتا رہا اور پھر اندھیروں میں گم ہو گیا۔

برآمدے میں رکھا ہوا ریسیور ابھی تک خاموش تھا۔ دور دور تک کسی امدادی دستے کا پتہ نہیں چل رہا تھا۔

''وہ اب بھی کھڑے انتظار کر رہے ہیں۔'' سیاہ فام عورت نے کہا۔

''جب تک میں انھیں اپنا چہرہ نہیں دکھاتا، وہ انتظار کرتے رہیں گے۔'' یہ کہہ کر مرد نے خون آلود رومال سے اپنے ماتھے کا زخم صاف کیا، ایک ٹانگ فرش پر پھیلا دی، وہ تھک چکا تھا۔ سورج کی کرنیں ترچھی ہو کر کمرے میں آ رہی تھیں۔ شام کی ہوا سے مچھر دانی کا پردہ ہل رہا تھا۔ سفید فام مرد کو نیلے پہاڑ اور ان کی برف سے ڈھکی ہوئی چوٹیاں یاد آنے لگیں۔ اپنے گھر کی یاد سے وہ اداس ہو گیا۔ سیاہ فام عورت اسے دیکھ رہی تھی۔ اس کی آنکھیں بے حد خوبصورت تھیں۔ ان بے حد خوبصورت آنکھوں پر جھکی ہوئی لانبی پلکوں کو اٹھا کر اس نے کہا، ''جان!۔۔۔ ہاں جان مجھے بے حد پیاس لگی ہے۔ کل سے پانی نہیں پیا۔''

مرد خاموش رہا۔ پھر بڑے بیزار لہجے میں بولا، ''یہاں پانی نہیں ہے۔ ٹونٹی سے پانی کا ایک قطرہ بھی نہیں نکل رہا۔ میں نے سب ٹونٹیاں کھلی چھوڑ دی ہیں۔''

''تم پانی حاصل کرنے کی کوشش ہی نہیں کر رہے، پان دیوتا کی مورتی پر خون کے دھبے جم گئے ہیں۔ مجھے شرم آ رہی ہے۔ تم جانتے ہو کہ مجھے صاف ستھرا رہنے کا کس قدر خبط ہے اور اب میں کتنی گندی اور میلی ہو چکی ہوں۔''

''چپ رہو۔'' سفید فام مرد نے کہا، ''موقع کی نزاکت کو سمجھو۔ میں حیران ہوں کہ اقوام متحدہ کے یہ بزدل سپاہی باہر کھڑے ہجوم پر گولی کیوں نہیں چلاتے۔ میں تم سے، ساری دنیا سے تنگ آ چکا ہوں۔ خدا کے لیے چپ رہو۔ اپنا منھ بند رکھو، میں بیزار ہوں سب سے۔''

سیاہ فام عورت فرش کو گھورتی رہی اور پھر اس کے ذہن میں شک کا سانپ سر اٹھانے لگا۔ شاید اب اسے مجھ سے محبت نہیں رہی۔ یہ خوفزدہ ہے، جھوٹا ہے، دھوکے باز ہے۔ یہ اب مجھ سے پہلے جیسی محبت نہیں کرتا اور اب میں اس کے بغیر زندہ نہیں رہ سکتی۔ اس کے بغیر میں آہستہ آہستہ گھل کے مر جاؤں گی۔''

سفید فام مرد یکلخت اٹھ کر کھڑکی کے سامنے کھڑا ہو گیا۔ سامنے صحن میں بوگن ولیا کے سرخ پھول کھلے ہوئے تھے۔ ایک جھاڑی کے پیچھے مشین گن پوسٹ بنی ہوئی تھی، حبشہ کے دو سپاہی پیٹ کے بل مشین گن کے پیچھے لیٹے ہوئے تھے اور گھر کے باہر پام کے درختوں کے قریب حبشیوں کا ہجوم خاموشی سے ڈٹا کھڑا تھا۔ سورج کی

کرنیں سفید فام مرد کے چہرے کو چھو رہی تھیں اور پسینہ تیزی سے بہنے لگا۔ بہتے ہوئے پسینے سے اس کی پیشانی جلنے لگی، کم از کم دو سو حبشی ہجوم کی صورت میں کھڑے تھے۔ ساکت اور گم سم۔ پام کے درختوں کے تنے سرخ مٹی سے ڈھکے ہوئے تھے۔ ہوا ایک بار پھر رک گئی تھی اور پتے لٹکے ہوئے تھے۔ چھوٹے قد کے بچوں جیسے میرے والے کیپٹن نے چیختے ہوئے کہا تھا، اگر ہجوم حرکت کرے تو ہم اس پر گولی چلا دیں گے۔ وہ کیپٹن اب ٹرانسمیٹر کے پاس کھڑا کمانڈر سے رابطہ قائم کرنے کی کوشش میں مصروف تھا۔ سنتری جو گھر کے عقب میں پہرہ دیتا تھا، وہ اندر آیا، اس نے اپنی خود کار رائفل ایک طرف رکھ دی۔ آہنی خول سر سے اتار کر اپنے سر کے چھوٹے چھوٹے گھنگریالے بالوں کو سہلانے لگا۔ اور پھر سفید فام مرد اور سیاہ فام عورت کی طرف دیکھتے ہوئے دوستانہ تلطف سے مسکرایا۔ سنتری کی ٹانگیں لمبی، کمر پتلی اور شانے چوڑے تھے۔ اس کا خم دار ناک بہت خوبصورت تھا۔ اس کی مسکراہٹ میں ہمدردی تھی۔

''ہیلو!'' سفید فام مرد نے مسکرا کر کہا۔

حبشہ کے سپاہی نے مسکرا کر جواب دیا۔ اپنی پیٹی سے پانی کی بوتل کھولی، ڈھکنا کھولا، پانی کا ایک گھونٹ لیا۔ منہ گیلا کیا اور منہ کے اندر بچا کھچا پانی نکال کر فرش پر پھینک دیا۔

''کیا تم انگریزی جانتے ہو؟'' سفید فام مرد نے پوچھا۔

''تھوڑی سی۔''

''کیپٹن کہاں ہے؟''

''کیپٹن؟'' سنتری نے کہا اور پانی کا ایک اور گھونٹ بھر لیا۔ ہاں۔۔۔ ہاں۔۔۔ گھر۔۔۔ گھر۔۔۔ سنتری نے مبہم سا جواب دیا۔ پانی کی بوتل میں ڈھکن لگایا اور اسے پھر پیٹی سے باندھ لیا، پھر اس نے اپنی جیب سے سگریٹ کی ایک ڈبیہ نکالی۔ ایک سگریٹ سفید فام مرد کو پیش کیا اور پھر تیزی سے دونوں سگریٹ دیا سلائی سے سلگا دیے۔

سفید فام مرد نے ایک لمحے کے لیے آنکھیں بند کر کے سوچا، یہ لوگ صدیوں پرانی تہذیب کے وارث ہیں۔ یہ ایک معزز انسانی نسل حکمران نسل سے تعلق رکھتے ہیں۔

''کیا اس کے پاس تھوڑا سا پانی نہیں ہے؟'' سیاہ فام عورت نے پوچھا۔ ''او جان خدا کے لیے، اس سے پانی کے بارے میں پوچھو۔''

''میں پوچھتا ہوں۔'' سفید فام مرد نے سیاہ فام عورت کی طرف دیکھے بغیر کہا۔ پھر سنتری سے پوچھنے لگا، ''کیا لیفٹیننٹ نہیں ہے؟''

''میں سمجھا نہیں سر۔''

''لیفٹیننٹ۔۔۔ دو ستارے۔۔۔ کیپٹن۔۔۔ تین ستارے۔''

سنتری نے اس کی طرف نرمی سے دیکھا۔ سگریٹ کو فرش پر پھینکا، پھر اسے اپنے جوتے سے مسل دیا۔

سر پر آہنی خول رکھا۔ اپنی خودکار رائفل اٹھائی اور باہر نکل گیا۔

''کیا وہ پانی لینے گیا ہے؟''

''ہاں میرا یہی خیال ہے۔''

''کیا تم نے اسے پانی کے لیے پوچھا تھا؟''

''ہاں۔''

''اس نے کہا کیا تھا؟''

''کیا تمھیں مجھ پر اعتبار نہیں۔''

''مجھے تم پر اعتبار ہے مگر اس نے کہا کیا تھا؟''

''یہی کہ وہ اپنے افسر کا انتظار کر رہا ہے۔ اس کے بعد پانی لائے گا۔''

''کیا واقعی وہ تمھاری باتیں سمجھ گیا تھا؟''

سفید فام مرد نے کوئی جواب نہ دیا۔ وہ کھڑکی سے پام کے درختوں کے پاس کھڑے حبشیوں کے ہجوم کو گھور رہا تھا۔

''اب تمھیں مجھ سے محبت نہیں رہی۔'' سیاہ فام عورت کہنے لگی۔ ''آغاز میں اور حتیٰ کہ پچھلے ہفتے تک تم مجھ سے محبت کرتے تھے۔ پچھلے ہفتے تم خود ہی میرے لیے پانی لینے گئے تھے لیکن اب۔۔۔ نہیں اب نہیں۔۔۔ اب تمھیں مجھ سے محبت نہیں رہی۔''

سفید فام مرد نے اب بھی جواب دینا گوارا نہ کیا۔ وہ بدستور ہجوم کو دیکھ رہا تھا۔

''اگر ہمیں مرنا ہی تھا تو کہیں بہتر ہوتا کہ ہم بوکاپو میں مرتے۔ کاش ہم وہیں ٹھہرے رہتے اور مر جاتے۔''

''منھ بند رکھو، چپ رہو۔'' سفید فام مرد نے بڑی درشتی سے کہا، ''چپ رہو۔'' اس کا چہرہ زرد پڑتا جا رہا تھا، ہاتھ حرکت میں تھے اور وہ بڑے غور سے باہر دیکھ رہا تھا جہاں نوجوان کی ایک ٹکڑی سیاہ قمیصوں میں ملبوس بلند آواز میں ایک دوسرے سے باتیں کر رہی تھی، اشارے کر رہی تھی گھر کی طرف جہاں وہ خود اور سیاہ فام عورت تھی۔ سفید فام مرد کی پوری توجہ ان سیاہ قمیصوں والوں پر مرکوز تھی، اس کے گلے میں کچھ پھنس رہا تھا۔

سیاہ فام عورت نے اسے دیکھتے ہوئے پوچھا، کیا ہے۔

''کیا بات ہے؟ دیکھو۔۔۔ ادھر دیکھو۔'' سفید فام مرد نے کہا، اب بھی اس کے حلق میں کچھ اٹک رہا تھا، وہ اٹھ کر کھڑی ہوگئی اور سفید فام مرد کے پاس پہنچ کر اس نے باہر کی طرف دیکھا۔

''اگر وہ اس طرف بڑھے تو کیا سپاہی گولی چلائیں گے؟''

سیاہ فام عورت نے پوچھا اور سفید فام مرد کے اور زیادہ قریب ہوگئی۔ دونوں کے جسم ایک دوسرے کو چھونے لگے تھے۔

''مجھے یہی امید ہے۔''

''اور آفیسر کیا، وہ آچکا ہے یا نہیں؟''

''اگر وہ نہ آیا تو کیا تب بھی سپاہی گولی چلائیں گے؟''

''میں نہیں جانتا میں کیسے جان سکتا ہوں، تم مجھ سے یہ کیوں پوچھ رہی ہو؟''

سیاہ فام عورت خاموش ہوگئی۔

سفید فام مرد بدستور کھڑکی سے باہر کی طرف دیکھ رہا تھا۔ کالی قمیصوں میں نوجوان شور مچانے لگے تھے۔ زمین پر پاؤں مار رہے تھے اور گھر کی طرف اشارے کر کے مکے لہرا رہے تھے۔ اور سفید فام مرد نے حبشہ کے ان دو سپاہیوں کی طرف دیکھا جو مشین گن کے قریب لیٹے تھے۔ وہ دونوں بے چین اور مضطرب نظر آ رہے تھے، جیسے اپنے ہم رنگوں پر گولی چلانے سے ہچکچا رہے ہوں۔

''جان۔'' سیاہ فام عورت نے سرگوشی میں کہا اور بڑی نرمی سے اس کا ہاتھ تھام لیا۔ سفید فام مرد سوچنے لگا کہ ایک نہ ایک دن یہ سب کچھ ہونا تھا۔ یہی انجام، یہی خاتمہ؛ ہر چیز کے خاتمے کی طرح جیسے کوئی مفر نہیں، مگر جس طریقے سے یہ ہو رہا ہے، یہ ناقابل برداشت ہے، ناقابل قیاس۔ یہ لوگ طوفان کی طرح گھر کو اپنے نرغے میں لے لیں گے۔ مجھے پکڑ کر میرے ٹکڑے ٹکڑے کر دیں گے اور میرے پاس کچھ نہیں کہ میں اپنا بچاؤ کر سکوں اور جب میں اپنا بچاؤ نہیں کر سکتا تو اس عورت کے ساتھ اپنی محبت کا تحفظ کس طرح کر سکتا ہوں۔ یہ محبت بھی فانی ہے۔ جانے لوگ کیوں صرف محبت کو لافانی قرار دیتے ہیں۔ اس کا جسم پسینے سے بھیگ گیا، وہ اپنے آپ کو کمزور اور بیمار محسوس کرنے لگا، اس کے باطن کا کھوکھلا پن خود اس پر ظاہر ہو گیا تھا۔

برآمدے کے آگے کمرے میں آپریٹر کے چہرے پر مسرت نظر آ رہی تھی جیسے رابطہ قائم ہو گیا ہو۔ رسیور سے سیٹی کی آواز سنائی دے رہی تھی۔ بڑی عجلت سے آپریٹر نے بات سنی، کچھ جواب دیا اور پھر وہ کمرے میں داخل ہوا۔ اس نے سفید فام مرد اور سیاہ فام عورت کو دیکھا، سلام کیا اور پھر سفید فام مرد سے مخاطب ہو کر بولا، ''کیپٹن نے مجھے بتایا ہے کہ آپ ابھی یہاں سے چلے جائیں، صرف آپ۔ سیاہ فام عورت نہیں۔ جہاز مضافاتی اڈے پر تیار کھڑا ہے۔ آپ کو وہاں تک پہنچانے کا انتظام ہو چکا ہے۔ آپ ابھی چلیں، اسی وقت۔ کالی عورت نہیں، صرف آپ آیئے چلیں ابھی، یہ ایک آرڈر ہے۔''

سفید فام مرد کے حلق میں اب بھی کچھ پھنس رہا تھا، اس نے اسے نگلنے کی کوشش کرتے ہوئے کہا، ''میں چاہتا ہوں کہ کوئی میرے ساتھ چلے۔''

سیاہ فام عورت نے امید بھری نظروں سے سفید فام مرد کی طرف دیکھا۔

سفید فام مرد نے کہا، ''دو آدمی ۔۔۔ یا تین، جن کے پاس اسلحہ ہو میری حفاظت کے لیے۔ ان کا ساتھ جانا ضروری ہے۔''

آپریٹر نے پھیکی سی مسکراہٹ کے ساتھ کہا، ''ٹھیک ہے جناب آپ کے ساتھ دو اسلحہ بردار آدمی

جائیں گے۔چلیں؟''

سیاہ فام عورت کچھ نہ سمجھ رہی تھی۔اب بھی اس نے سفید فام مرد کا ہاتھ نرمی سے تھام رکھا تھا۔اس نے پوچھا،''یہ کیا کہہ رہا ہے؟''

''پانی۔اس کے پاس پانی ہے، اس نے پانی تلاش کرلیا ہے۔میں تمھارے لیے پانی لینے جا رہا ہوں۔دو سپاہی میرے ساتھ ہوں گے۔کیوں؟ مل گیا نا پانی؟ میں ابھی لایا۔''

سفید فام مرد کے لہجے میں اطمینان تھا۔حیران کن اطمینان۔

''اوہ جان کتنا اچھا ہوا پانی مل گیا۔'' سیاہ فام عورت نے کہا، خوشی سے اس کی آنکھیں چمک اٹھیں۔''جان تم پانی لے آؤ گے، پھر میں نہالوں، کتنی میلی ہوگئی تھی۔سب کچھ ٹھیک ہوجائے گا، ہر چیز۔ہے نا جان؟ جواب کیوں نہیں دیتے؟'' سیاہ فام عورت کی وہ آواز جس میں پہلے خوشی کی کھنک تھی، درد بھری چیخ بن گئی۔

''آیئے جناب۔'' آپریٹر نے کہا۔پھر اس نے اپنی مقامی زبان میں کچھ کہا جسے سن کر برآمدے میں لیٹے ہوئے دو حبشی سپاہی اٹھ کر کھڑے ہوگئے۔انھوں نے اپنے کندھوں پر بندوقیں لٹکا لیں۔سفید فام مرد نے اپنے گلے میں کسی اٹکتی ہوئی چیز کو نگلنے کی کوشش کرتے ہوئے کہا،''ٹھیک ہے، جانا ہی پڑے گا۔''

اس سیریز کی دیگر کتابیں

جنوبی ایشیا سے کچھ افسانے

جنوب مشرقی ایشیا سے کچھ افسانے

مغربی ایشیا سے کچھ افسانے

مشرق وسطیٰ سے کچھ افسانے

مغربی یورپ سے کچھ افسانے

شمالی یورپ سے کچھ افسانے

جنوبی یورپ سے کچھ افسانے

کچھ امریکی افسانے

شمالی امریکہ سے کچھ افسانے

جنوبی امریکہ سے کچھ افسانے

کچھ افریقی افسانے

اشعر نجمی کی کچھ اور کتابیں

مزاحمتی نظمیں (انتخاب)

مزاحمتی فکشن (انتخاب)

فکری مزاحمت کے پہلو

ادبی مزاحمت کا نیا پیش لفظ

نسائی مزاحمت

صحافتی مزاحمت

ثقافتی مزاحمت اور معاشرہ

راشٹر واد کی آڑ میں

مصنوعی ذہانت اور ہم